第1話

100万回きたサンタ

「ヤスくん、それはクリスマスソングかな？」

膝をついて書棚の整理をしていた槙乃《まきの》さんが、首を振り振り立ち上がった。

僕もレジカウンターで売上スリップをまとめながら、様子をうかがう。ヤスさんはいつものカウンター席に陣取り、さっきからずっと独創的な節回しで何やら唸《うな》っていた。いくらお客様がいないとはいえ、駅ナカ書店〈金曜堂〉オーナーの態度として、あまり褒められたものではないだろう。

けれど、本人はいたって得意げに、唸り声を大きくした。

♪クリスマス　クリスマス　サンタはトナカイと空駆ける
　クリスマス　クリスマス　俺は誰と空駆ける？

「なっ？　〝クリスマス〟も〝サンタ〟も〝トナカイ〟も出てくんだぞ。クリスマスソングに決まってんじゃねぇかよ。俺のオリジナルクリスマスソングだ」

「歌ってたんですね。僕はてっきりクリスマス詩吟《しぎん》かと――」

「うっせーな、坊っちゃんバイト。明日は土曜のクリスマスイブだってのに、朝から晩までがっつりバイトに入っているようなやつに、いちゃもんつけられる筋合いはねぇ！」

僕が鼻白む前に、槙乃さんが「こらこら、ヤスくん」とたしなめる。

「ウチの大事な戦力のやる気を削《そ》ぐようなこと言わないで。それにヤスくんだって、明日は一日勤務でしょ？」

槇乃さんの質問は、ヤスさんの思う壺《つぼ》だったようだ。奥目がきらりと光ったかと思うと、読んでいた文庫をカウンターに伏せて、胸をそらす。

「悪いが、俺は夕飯前には上がらせてもらう。何があっても、俺は上がる、絶対にな！」

言い切ったあとに、ヤスさんはふんと鼻息を荒くした。小鼻がぴくぴく動く。誰かが「何か用事があるんですか？」と尋ねてくれることを待っているのだろう。その用事の中身を言いたくてたまらないのだ。

だが、僕も槇乃さんも口をひらかず、それぞれの仕事に戻った。ここ一週間ほどのヤスさんの言動によって、聞かずともわかっていたからだ。

――どうせ〈さつき動物病院〉の佐月倫子《さつきりんこ》先生と、聖夜の約束でもしたんでしょう？

僕はため息をついて、バーカウンターの中を見た。そこは今、あいにくと無人だ。エプロンの下は蝶《ちょう》ネクタイを締めた白シャツ姿で、喫茶店のマスターのように立ち働く書店員の栖川《すがわ》さんは、買い出しからまだ戻ってこない。浮かれきったヤスさんを一喝できるのは、栖川さんしかいないのに。

ヤスさんは文庫本をひらき、心模様がだだ漏れのクリスマスソングをまた唸りだす。

「栖川くん、遅いですね」

槇乃さんが泣きそうな声でつぶやいた。

自動ドアから入ってきたのは、目下の待ち人栖川さんではなく、珍しいお客様だった。

「オットー、久しぶり」

槇乃さんの声が弾む。オットーこと音羽《おとわ》亮司《りょうじ》先生は、槇乃さんが野原《のはら》高校在校時に作った同好会〈金曜日の読書会〉の顧問であり、恩師だ。ちなみに、栖川さんもヤスさんも、そして今は亡きジンさんも、この読書同好会のメンバーだった。

「今日は電車ですか？」

「いや、バイクをロータリーに停《と》めてきた」

音羽先生は無精髭《ぶしょうひげ》を撫《な》でながら店内を見回す。そして、手作りの小さなクリスマスツリーが置かれ、〝サンタクロースフェア〟と銘打たれたコーナーを見つけると、頬をゆるませた。

「〝クリスマスフェア〟でなく、あえて〝サンタクロースフェア〟にした理由は？」

「より広く本を紹介するためです」と槇乃さんがこともなげに答え、にっこり笑う。

「ほら、サンタクロースってビジュアルはともかく、どういう存在なのかって中身の部分が今ひとつはっきりしないじゃないですか。だから、〈金曜堂〉のフェア本ではクリスマスに限定せず、お客様にとってのサンタクロースは誰なのか？　を考えるきっかけになりそうな本を集めてみようかなって」

音羽先生は猫背のまま腕を組み、「ほーん」と唸った。

「南《みなみ》は相変わらず熱心に変なことを考えてるんだなあ」

「オットー、ひどい」

ぷうっとむくれた槇乃さんだが、音羽先生が「本好きも相変わらずだ」と付け足すと、すぐに笑顔が戻ってくる。

「ええ。好きです。大好きです」

その言葉は僕の胸を打った。笑顔と共にそんな言葉をかけられたら、心が燃える。何だって頑張れそうだ。ということは、僕にとってのサンタクロースは、槇乃さんなのかもしれない。

槇乃さんへの想《おも》いが膨らんで僕が顔を赤らめている間に、音羽先生はコーナーの前まで移動し、手近な一冊を取り上げた。

「『塩狩峠《しおかりとうげ》』――なるほど、たしかにクリスマスとは関係ないな」

興味深そうにフェアのラインナップを眺めだす音羽先生に、槇乃さんが言う。

「ちなみに『塩狩峠』は、ヤスくんが選んだサンタ本です」

「和久《わく》が？　へえ」

「意外ですか？」

「いや。ある意味ロマンチックな小説だからね。和久らしいよ、実に」

そう言って微笑《ほほえ》む音羽先生は、当然『塩狩峠』を読んでいるらしい。僕はエプロンのポケットから出したメモ帳に本のタイトルを書きつけ、装画を眺めた。レールと枕木《まくらぎ》の脇にひっそり咲く白い花が印象的だ。

当のヤスさんが「南、内幕をバラすなよコラ」と肩をそびやかせて近づいてくる。さすがに歌は止《や》めていた。

「で、オットーの用事は？　本を探しに来たのか？」

「ん。まあ、そんなところだ。東膳《とうぜん》が〝新年一発目の読書会は、先生の課題本でやりたい〟って言うもんだから――」

〈金曜日の読書会〉の現役メンバーで〈金曜堂〉の常連でもある、野原高校一年の東膳紗《さ》世《よ》ちゃんの顔がすぐに浮かんだ。ヤスさんも笑顔になる。

「おお、あの子リスのような女子高生な。先週店に来た時、冬休みはスキーに行くとか言ってたが、もう出かけたんか？」

「いや、俺は知らないよ。スキーへ行くことだって、今はじめて聞いたくらいだ」

音羽先生はそう言うと、唇を歪《ゆが》ませた。

「所詮《しょせん》、教師は蚊帳《かや》の外なんだよなあ」

その響きが妙にせつなげだったので、僕らは顔を見合わせてしまう。音羽先生は取り繕うように、またフェア本に手を伸ばした。

「しかし、〈金曜堂〉に来てよかったよ。この中から選べそうだ」

音羽先生は猫背をさらに丸めた姿勢でしばらく吟味していたが、やがて「よし」と小さくうなずき、紗世ちゃん達が新年一発目の読書会で味わうであろう本を選びだした。

「『かのこちゃんとマドレーヌ夫人』。うん。いいですね！　一年のはじまりに出会えたら嬉《うれ》しい本です。これは、倉井《くらい》くんが選んだサンタ本なんですよ」

お遊戯会で主役をもらった子供を褒めそやすような槇乃さんの言い方に、僕はおおいに照れた。そんな僕を押しのけ、ヤスさんが「けっ」と声をあげる。

「だから内幕をバラすなって。お客にとって、誰の選んだフェア本かなんて関係ねぇだろコラ。聞かれもしねぇうちから書店員の思惑をぺらっぺら喋《しゃべ》るな。それは今、オットーが選んだ本だ。それでいいんだ」

書店の中ではお客が本の王様なんだよ、とヤスさんの持論がつづくと、槇乃さんは恐縮したように肩をすくめた。

「ごめん、ヤスくん。オットーもごめんなさい。私、つい嬉しくなっちゃって――」

「ったく。どんだけ倉井贔屓《びいき》だよ」

それはヤスさんの何気ないツッコミだったが、槇乃さんはハッと口をおさえ、明らかにぎくしゃくと僕に背を向ける。その緊張が僕や音羽先生にまで伝わって、何だか変な雰囲気になってしまった。

　空気を変えようとしてか、ヤスさんが咳払《せきばら》いと共に「じゃ、ま、これはレジに持っていくとして」と音羽先生の手から『かのこちゃんとマドレーヌ夫人』の文庫本を受け取り、あらためて音羽先生と向き合った。

「用事はそれだけか？」

「え？」

「や、読書会の課題本探しだけなら、オットーはわざわざ〈金曜堂〉に来ねぇんじゃないかと思ってさ」

　音羽先生は猫背を伸ばしてヤスさんの顔を見据え、無精髭を撫でる。

「ふーん。やっぱり和久の動物的カンはすごいな」

「人を野生動物扱いすんなコラ」

「すまん。すまん。いや、実はそうなんだ。書店員の君らにある頼み事をしていいものかどうか、悩みながらここに足が向いた次第で――」

　そう言って、音羽先生は無造作に伸びた髪をがしがしと掻《か》く。槇乃さんが「水臭いよ、オットー」と腕組みしてふくれてみせた。

「高校生の私がたった一人で読書同好会を起《た》ち上げようとした時、他の先生方は反対するか冗談で片付けるかだったのに、オットーだけが真剣に話を聞いて、顧問を引き受けてくれたでしょう？　私、本当に嬉しかったんだ。いつかこの先生のために、自分も何かできるといいなって思った。だから、だいじょうぶ。頼ってよ」

音羽先生の視線を受け、ヤスさんも鷹揚《おうよう》にうなずく。

「昔の自分に助けられたな、オットー」

音羽先生はヤスさんの言葉に救われたように息を吐き、「ありがとう」と頭を下げた。


「頼み事というのは――生徒のことなんだ」

喫茶スペースに場所を移し、カウンターに腰を落ち着けた音羽先生は絞り出すような声で言う。カウンターの奥にヤスさん、不在の栖川さんに代わって槙乃さんがバーカウンターの中に入り、とりあえずの水を差し出した。僕は他のお客様が来たらすぐに対応できるよう、喫茶スペースと書棚スペースの狭間《はざま》あたりで立っておく。

「俺は今年、三年十五組を担任しているんだが、そのクラスに森屋《もりや》星莉菜《せりな》という女生徒がいてね」

ぐびりと喉を鳴らして水を一気にのみほすと、音羽先生は視線をさまよわせた。

「名前に〝星〟って漢字が入っているのがふさわしい、人目を引く目鼻立ちの生徒だ。頭もよくて、成績は俺が担任する前――一年生当時から常に学年トップクラスだったそうだ。部活動も手を抜かず、たしかテニス部の部長を務めあげたはずだよ」

「完全にヒロインタイプだな」

ヤスさんが小さくうなずき、音羽先生も同意する。

「まあ、目立ちたくなくても目立ってしまう子だ。そんな学校生活を送っていたから、指定校推薦で早々に進路も決まった。そこまでは順当というか想定内というか——こんな言い方をしたらいけないのかもしれないが、担任的には実にありがたい生徒だったんだよ」

「あ、オットー、今、過去形で言いましたね。〝ありがたい生徒だった〟って」

槇乃さんが鋭く指摘すると、音羽先生は「そうなんだ」と頭を抱えた。

「推薦入試の合格通知が来た次か、そのまた次の日くらいだよ。俺の授業が終わったあと、森屋がつかつかと黒板の前まで来たんだ。教師に質問なんかするタイプではなかったから意外に思っていたら、さらに意外な、いや、驚天動地の発言が飛び出した」

——先生、わたし留年します。

才色兼備の女子高生、森屋さんは音羽先生にそう宣言したらしい。

森屋さんに留年したい理由を尋ねても、「もう決めたので」の一点張り。弱り果てた音羽先生が、個人の事情で推薦を蹴られると来年以降の枠がなくなり、後輩達がかわいそうだし学校側も痛手だ、何とか進学してほしいと説得を試みたところ、森屋さんが今度は力業に出た。

「あいつ、期末テストを全教科白紙で提出しやがった。事実上のボイコットだ」

頭を抱えていた両手をそのまま頬におろしてきて、音羽先生は「あー」と呻《うめ》いた。かの有名なムンクの『叫び』という絵は、おそろしい叫びを耳にした人が恐慌をきたしているポーズと表情らしいけど、今の音羽先生はまさにあの絵の人物そのものに見える。耳の中で響いているのは、模範的生徒だったはずの森屋さんの頑《かたく》なな留年宣言だ。

音羽先生のそんな姿を直視できず、僕が視線を槇乃さんとヤスさんに向けると、なぜか槇乃さんは気まずそうにうつむき、ヤスさんはそんな槇乃さんをにやにや眺めていた。二人とも僕の視線に気づくと、あわてて表情を取り繕う。

「それで？　私達に頼み事というのは何でしょう？」

「うん。期末テストがそんな結果で終わってから、俺は校長と進路指導主事に厳命され、森屋と放課後——冬休みに入ってからも毎日学校に来てもらって——話し合ってる。だけどあいつ、何も喋ろうとしない。だからこっちも進学を説得しつづけるか留年を認めるか、指導方針が決められない。お手上げだ」

長い沈黙があった。槇乃さんが注《つ》ぎ足した水を、また一息にのんでしまってから、音羽先生はようやく口をひらく。

「正面からぶつかって無理なら、裏道から行こうかと考えた」

「その〝裏道〟を進む協力をすんのか、俺らが？」

「うん、できればお願いしたい。これは読書同好会の顧問をやってきた俺の個人的な感覚だが、その人の現在の心境や問題って読む本に反映されないか？　森屋自身が何も話してくれないなら、森屋が選ぶ本やその読み方から、あいつの心境を探ってみようと思って――俺の担当教科である古典は、期末テストの追試の代わりに、読書感想文を課題にしてみたんだよ」

音羽先生は「ごちそうさま」と空のグラスをカウンターにのせる。

「もし協力を頼めるなら、〝感想文の課題本は〈金曜堂〉で探せ〟と指定させてもらう」

槇乃さんとヤスさんが、すばやく視線を交わした。音羽先生の頼み事を引き受けたら、人生の岐路に立つ高校生が〈金曜堂〉にやって来ることになる。

「や、それはいくら何でも荷が重い――」

「どうぞ。私達はかまいません」

ヤスさんの断り文句にかぶせるように、槇乃さんの声が響いた。ヤスさんはがっくりうなだれ、「そう言うと思った」とつぶやく。槇乃さんが引き受けると決めた以上、反対はしないつもりらしい。

「ありがとう。森屋が本を選ぶ際は、フォローをよろしくお願いします」

音羽先生はやっと笑顔を浮かべ、かつて教え子だった書店員達に深々と頭を下げた。

＊

今年のクリスマスイブは、朝から厚い雲がたれこめていた。冬休み中の土曜日だけあって、朝早くからキャリーケースを引いた家族連れがちらほら跨線橋《こせんきょう》を渡っていく。帰省ラッシュを避けて、早めに故郷に帰るのだろう。

列車内や故郷で読む本を〈金曜堂〉で買い求めてくれる人達に、槙乃さんが手作りの栞《しおり》をプレゼントしていた。

「毎度ありがとうございます。はい、どうぞ。〈金曜堂〉クリスマス限定の栞です」

「わー。ダルマさんの栞だ。ありがとう」

「あ。ダルマじゃなくて、サンタさんです」

「サンタ――」

絶句する子供の表情に笑いをこらえきれず、僕はレジカウンターからそっと離れる。ちょうどバックヤードでの力仕事を終えたヤスさんも出てきた。角刈りの金髪がいつもよりやけに尖《とが》っているように見える。ソフトスーツにも明らかに派手なラメが入っていた。あ、今夜はデートなんだっけと思い出す。外見に明らかな気合いが見られるものの、ヤスさんは昨日ほど呆《ほう》けてはいなかった。今日は歌も飛び出してこない。

足取りが揃《そろ》ってしまい、僕とヤスさんは横並びになったまま、サンタクロースフェアのコーナーへ向かう。平積《ひらづ》みの本が崩れたり乱れたりしているのが、遠目からもわかった。

「やれやれ。これはまた――派手にやってくれたもんだぜ」

「朝から客足が途絶えませんからね」

お客様の心理とは不思議なもので、平積みになっている本を買う時、上から三冊目より下の本を取ろうとする人が圧倒的に多い。自宅に持ち帰るのは足跡のついていない初雪のような本がいいという気持ちは、わからないでもない。ただその際、上の本達が雑に扱われてしまうことがあるのは、書店員としてせつない。だから平積みのコーナーが乱れていると、お客様のためというよりは本のために一刻も早く直してやりたくなるのだ、僕は。

黙々と本の角を揃えて積み直していると、ヤスさんが小声で話しかけてきた。

「なあ。栖川はどうしたんだよ？」

「〝どうした〟って？　何かいつもと違いますか、栖川さん？」

「バカやろ。てめぇの目は節穴か！　よく見ろ。全然違うじゃねぇかコラ」

僕はヤスさんに倣《なら》って、そっと喫茶スペースを覗《のぞ》き見る。栖川さんは背筋をきっちり伸ばし、バーカウンターの中で淡々と立ち働いていた。調理台の上に並んだ食材を見て、僕は「あ」と声をあげる。

「いつもと違うメニューを作るつもりなんじゃ？」

「バカ。このバカ。〈金曜堂〉のメニューはいつも違うのがいつもなんだよ。バカ」

「――そんなにバカバカ言わなくても」

ヤスさんの剣幕でずり下がった眼鏡を押し上げ、僕は唇を結ぶ。ヤスさんはヤスさんで、栖川さんに目をやったままむすっとしていた。

「怒ってんな、ありゃ」

「え？」

「そうは見えないかもしんねぇ。けど、俺にはわかる。栖川は怒ってる。昨日の夜からずっとだ」

僕はもう一度栖川さんを観察する。表情も動きも、やっぱりいつも通りに見えた。

「〝昨日の夜から〟ですか？　栖川さんは音羽先生が帰ってしばらくして戻ってきたんですよね、たしか」

記憶を辿《たど》りつつそう言ってみたものの、その時の様子なんてあまり思い出せない。ということは、栖川さんはその時もいつも通りだったんじゃないだろうか。

隣でわざとらしいため息をつかれた。僕が眼鏡の縁《ふち》を持ったまま顔を上げると、ヤスさんは魚の鱗《うろこ》みたいな模様が入ったショッキングピンクのネクタイをぎゅっと締め直し、「ちょっと栖川と話してくらぁ」と喫茶スペースの方へ歩いていく。追いかけた方がいいのかどうか迷っていると、何も知らない槙乃さんの暢気《のんき》な声が背中にかかった。

「倉井くん。〈クニット〉に配達してきてもらえます？」

カウンターの奥の席に着くなり、ヤスさんは栖川さんと何か話しはじめる。喧嘩になるって感じではなさそうだ。けれど——と気にはなるものの、僕は配達用のカゴを取りにバックヤードへ向かった。

地元の人気ベーカリー〈クニット〉は、ロータリーを挟んで野原駅の向かい側にある。今日はクリスマスのごちそうに合うバゲットやワインのおつまみになりそうな創作パンを買い求める人達で、いつにも増して混んでいた。そんなお客様の邪魔にならないよう、僕は裏口から絵本や雑誌を運び入れる。

裏口は〈クニット〉の厨房《ちゅうぼう》に直結しており、店主の早生邦登《わせくにと》さんが石窯《いしがま》の熱で汗を流しながら、パン生地をこねたり、窯から焼けたパンを取り出したり、銀盆に並べたり——見ているこちらの目が回るほどの働きぶりを見せていた。僕が挨拶もそこそこに立ち去ろうとすると、奥さんの知晶《ちあき》さんは「〈金曜堂〉のみなさんでどうぞ」と、粉砂糖が雪のようにまぶされた菓子パンを、おみやげに持たせてくれた。

「シュトーレンっていうね、ドイツ発祥のクリスマスのための菓子パンなの。スライスして食べてください。味を変えたい時は、クリームチーズを塗ってみて」

シュトーレンはきれいにラッピングされ、赤と緑のカーリングリボンがかけられている。

予期せぬクリスマスプレゼントをもらい、あわてておれを言った僕に、知晶さんは「メリークリスマス」と季節にぴったりな挨拶をくれたのだった。

ロータリーを回って駅に戻る途中、ちょうど野原高校からのバスが到着した。ランウェイを歩くモデルのように格好良くステップを降りてきたのは、一人の美しい少女だ。野原高校指定の制服の上にスタンダードなダッフルコートを羽織っているだけだが、まるで特別にあつらえた衣装をつけたかのごとく目に飛び込んでくる。まっすぐ伸びた黒髪は、曇天の下でもつやつや輝き、きれいな輪郭を描く横顔とあいまって、彼女の周りだけ解像度が上がっている気がした。僕は思わず眼鏡の縁を持って、二度見してしまう。

――もしかしてあの子？

足を止めた僕の視界を、駅の方から一直線に飛び出してきた黒い影が横切っていく。長身詰め襟姿の男子高校生だ。そのままロータリーを突っ切って、バスを降りたばかりの美少女の前に走り出た。

いきなり立ちはだかった男子高校生を訝《いぶか》しげに見上げる美少女のアーモンド型の目は、星を宿したような光を発し、少しもひるんでいない。片や、男子高校生の方は緊張のあまりロボットのような動きになって、後ろ手に持っていた紙袋をぎくしゃくと掲げてみせた。

「森屋さん。よかったら、あの、これ、クリスマスプレゼント――」

——やっぱり、森屋星莉菜さんか。

呼びかけられた名前を聞いて、僕はひそかに納得した。音羽先生の話から想像した通りの、華やかな女の子だ。

いつまで経《た》っても森屋さんが受け取る気配を見せないので、男子高校生は痺《しび》れを切らして小さな紙袋を突き出した。その勢いのまま、ぐっと頭を下げる。

「もうすぐ、卒業だけど、えっと、これを機会に俺と、友達からでも——」

「あなた、誰ですか？」

男子高校生一世一代の告白をあえなく遮り、森屋さんは低く落ち着いた声で尋ねた。

「え」と思わず顔を上げた男子高校生は、森屋さんを見つめ「マジ？」とつぶやく。森屋さんはこっくりうなずいた。

「うん。制服から同じ野原高生だってことはわかりますが、名前も顔も学年もマジで知らない。あなた、誰ですか？」

「手塚《てづか》だよっ。体育祭の時、緑組のバックボードをいっしょに描《か》いただろう？　高い所の色塗りを代わってあげたり、豆腐ドーナツを差し入れしたりした男だよ。そのたび森屋さんに声をかけて、喋って、もちろん名乗ってもいたはずだけど、覚えてないの？」

「——ああ。わたしが楽しみにしてた高所作業を、勝手に先に済ませちゃった人ね。豆腐ドーナツは、悪いけど食べてない。わたし、昔から豆腐が嫌いで——」

淡々と応じる森屋さんに対し、手塚なる男子高校生はがっくりうなだれた。森屋さんは自分と男子高校生の間で宙ぶらりんになっているクリスマスプレゼントの紙袋を見下ろし、「ごめん」と短く謝る。

気詰まりな沈黙のあと、男子高校生はのろのろと紙袋をまた後ろ手に隠した。

「好きなやつ、いるの？　いないなら、お試しでも――」

未練がましい問いかけに、森屋さんはきっぱり首を横に振る。そして、眉一つ動かさず言い切った。

「みんな嫌いだよ」

胸に氷柱《つらら》が刺さるようなその言葉は、男子高校生の息の根を完全に止めたらしい。彼の後悔と悲しみが冷たい風に乗って伝わってきて、僕まで涙目になった。

森屋さんだけが何も変わらない様子で、駅に向かって歩きだす。赤茶色のローファーが規則正しい足音を立てる。

肩を落とした男子高校生がロータリーを横切って去るのを見送ってから、僕は大きく深呼吸する。そして、シュトーレンをお守りのようにしっかり抱きしめた。

〈金曜堂〉に戻ると、レジカウンターの前で仁王立ちしている森屋さんの背中が見えた。レジ担当の槇乃さんが困ったように眉を下げている。僕を認めると、眉の形はそのままに息を吐いた。

「いらっしゃいませ」と挨拶しながら近寄ろうとしたとたん、振り返った森屋さんのアーモンド型の目に射竦《いすく》められる。僕が思わず足を止めるのを確認してから、森屋さんは槙乃さんに視線を戻した。

「どうしてダメなんですか？　私が〝それでいい〟って言ってるのに」

「オット――音羽先生が、星莉菜さんご自身に選んでいただきたいとおっしゃっていましたので。さっきも申し上げた通り、どうしても選びきれない場合は、私達書店員がお手伝いさせていただきます」

気配を感じて喫茶スペースを見ると、カウンターの端の席からヤスさんがさかんに手招きしていた。僕は槙乃さんを案じつつも、いったん喫茶スペースへ移動する。

「何か揉《も》めてますけど」

「ああ。さっそく揉めてんだ」

ヤスさんはコーヒーカップを傾け、苦い顔をした。

「開口一番〝音羽先生からこちらの書店を紹介されました。読書感想文が書きやすい本を、選んでください〟と丸投げしてきやがった」

「本選びを？」

「そう。オットーの思惑外れまくりよ。で、南がやんわり断ったら――この始末だ」

やれやれ、と大きなジェスチャーで肩をすくめてみせるヤスさんを、栖川さんがちらりと見る。その青い瞳に怒りの感情は読み取れなかった。ヤスさんと栖川さんの話し合いはうまくいったのだろうか？　そもそも栖川さんは本当に怒っていたのか？　聞きたいことは山ほどあったが、まずはお客様のご要望に応《こた》えなくてはならない。

僕は「〈クニット〉さんからいただきました」とシュトーレンを栖川さんに託すと、もう一度大きく深呼吸して、再びレジカウンターへ向かった。

「あの、何なら僕が選びましょうか？」

尖った肩に声をかけると、「あ」の形に口をあけたまま森屋さんが振り返る。その向こうで、槇乃さんも大きな目をみひらいて僕を見ていた。背中にはヤスさんと栖川さんの視線が刺さっていることだろう。

「――いいですけど」

絞り出すように言って、森屋さんは無理やり口をとじる。目だけは正直に「あんたでだいじょうぶ？」と問いかけていた。

みんなが固唾《かたず》をのむ中、僕は奥の本棚の端まで行って文庫を三冊抜き出し、戻ってくる。差し出すと、森屋さんの目がぎゅっときつくなった。

「『カラマーゾフの兄弟』？　何で、ドストエフスキー？」

「僕の高校時代、この本でとてもいい読書感想文を書いた友達がいたもので」

「一緒にしないでよ。だいたい上中下巻三冊もあるなんて、読むだけで大変すぎます」

「そうですか？　じゃ、もっと薄い本にしましょうか」

僕がおもむろに近くの棚の文庫本の厚さを手で測りだすと、森屋さんはあわててそばまで来て制した。

「ちょっと。もしかして、厚みで選ぼうとしてます？」

「はい」

「ふざけないで」

「ふざけてません。この世に〝読書感想文が書きやすい本〟なんて存在しないと、僕は思っています。あるとすれば、他人が実際に感想文を書いた事実を踏まえて、書けないことはないだろうと見なせる本。もしくは、その人ならではの感想が出やすい本。前者が却下されたので、今は後者を探しているところなんです」

森屋さんは腕を組み、黙りこむ。少ししてから、慎重に尋ねてきた。

「〝その人ならではの感想が出やすい〟って、どんな本？」

「その人が読みたい本ですかね、やっぱり」

「わたし、読みたい本なんてないです」

「はい。そうだと思って今、せめて読みやすそうな本を選んでます。一行の字数が少なくて、言葉があまり難しくなくて、ページ数も少ない――」

「何それ？　適当すぎません？　そんな選び方なら、自分でもできます」

森屋さんは憤慨して僕の言葉を遮り、店内を見回した。入口近くのサンタクロースフェアのコーナーが目を引いたのだろう。つかつか歩み寄ると、平積みされた本を睨《にら》む。そしてついにみずから何冊か手に取り、ページをめくって目を走らせはじめた。槇乃さんとヤスさんが親指を立てて、僕をこっそり褒めてくれる。

「クリスマスはお好きですか？」

レジカウンターに肘《ひじ》をついて頬をのせ、槇乃さんがのんびり尋ねた。森屋さんは本に目を落としたまま、首を横に振る。

「いいえ。全然。サンタクロースも信じたことないし」

「ええっ」

聞き耳を立てていたヤスさんがバーカウンターで驚きの声をあげる。森屋さんはそんなヤスさんを一瞥《いちべつ》し、肩をすくめた。

「サンタクロースにどれだけ手紙を書いても、クリスマスの朝、枕元にあるのは希望とは全然違うプレゼントばかりだったから、小学校に上がる前には確信してましたね。〝サンタなんかいないんだ〟って」

「親が子供のために一生懸命選んだプレゼントだったんだろうよ」

ヤスさんがなだめるように言うと、「わかってます」と唇を結んでうなずく。

「両親をはじめたくさんの人が、クリスマスに関係なく、わたしにプレゼントをくれた——いえ、今でもくれます。いろいろな贈り物や言葉を、〝わたしのために〟って。みんなに〝星莉菜は恵まれてるんだよ〟って言われるし、何かをもらったら感謝した方がいいのもわかってるんだけど——」

僕はついさっき見てきたばかりの光景を思い出した。男子高校生の手に残されたプレゼントの小さな紙袋。

森屋さんはぱたんと本を閉じ、元の場所に戻す。かたい声が響いた。

「でも、どれもわたしの好きなものじゃない」

——みんな嫌いだよ。

ロータリーでの発言がよみがえる。聞く人の心を凍らせるあの言葉は、口に出す本人を一番傷つけている気がした。僕はかすれた声で問う。

「じゃあ、森屋さんの好きなものって何なんですか？」

「わかりません。わからなくなっちゃった」

「だから、読みたい本もわからない、と？」

「そういうことです」と森屋さんが完璧な横顔のままうなずいた。そして、フェアコーナーの脇の書棚に背差《せざ》しされた一冊に目をとめる。

「これ——」と細い指で抜き出したのは、『ふがいない僕は空を見た』だ。

「読みたい本、見つかりましたか」

僕が勢い込むと、あわてて書棚に戻し、長い髪を掻き上げた。

「別に。読みたいわけじゃない。前に読書同好会の一年生が持ってたことを思い出しただけ」

「ああ。〈金曜日の読書会〉の東膳さんじゃないですか？　前にここで二時間迷った末に、これを読書会の課題本に決めたんですよ」

「名前は知りません。元気な小動物みたいな子。音羽先生と仲がいい一年生。その子がいたから読書同好会の顧問を引き受けたって、前に音羽先生が話してた」

「東膳紗世ちゃんですね」と槇乃さんはうなずき、冗談めかしてつづけた。

「紗世ちゃんいわく〈金曜日の読書会〉は随時メンバー募集中だそうです。星莉菜さん、いかがです？」

「何言ってるんですか。三年が今さら課外活動するわけにはいかないですよ。もう三年なんですよ、わたし」

思いがけず激しい剣幕に、槇乃さんは息をのみ、森屋さんの目をじっと覗き込む。その視線から逃れるように、森屋さんは大げさな仕草でフェアコーナーを指した。

「ところで、このフェアのラインナップおかしくないですか？『田村はまだか』と『羊と鋼《はがね》の森』はわたしも読んだことあるけど、クリスマスは関係なかったはず」

「そうなんです。クリスマスは全然関係ないんです」

森屋さんの強引な話題転換に槙乃さんはたやすくのっかり、嬉しそうにうなずく。そして意気揚々とレジカウンターから飛び出し、サンタクロースフェアの飾り付けを示した。

「こちらをごらんください。〝サンタクロースフェア〟と書いてあります。クリスマス本のフェアではないんです」

「でも、サンタはクリスマスの――」

「そうです。そうです。たしかにサンタクロースはクリスマスイブの晩、よい子達にプレゼントを配ります。じゃ、そのサンタクロースって何者なんだ？　って話ですよ。〈金曜堂〉のサンタクロースフェアでは、そこを考えるヒントになるような本を集めたつもりです」

森屋さんは眉を寄せ、首をかしげてしばらく立ち尽くしていたが、やがて手を伸ばし、平積みの一番奥にあった絵本を取り上げた。

「これもですか？」と叫ぶように槙乃さんに尋ね、高く掲げる。

『100万回生きたねこ』というタイトルの下に、こちらを睨みつけ、肩を怒らせて、二本の足で立っている縞柄《しまがら》の猫が描かれている表紙だ。エメラルドを埋め込んだような瞳の色こそ違えど、目尻のきりっと上がった目の形や大きさは、森屋さんとよく似ている。

「この本、わたしは小学生の頃にたしか一度読んだけど、サンタなんて出てこなかったし、読み終えた時に腹が立ったことしか覚えてません。そんな本でも、サンタ本だと？」

「腹が立ったんですね」と槇乃さんはつぶやき、きっぱりうなずいた。

「ええ。きっとその本の中にも、森屋さんのサンタクロースがいます」

森屋さんは掲げていた絵本を胸の位置までおろし、槇乃さんにずいと差し出した。

「じゃ、読んでみます。この本を読んでみたいです。お会計お願いします」

「よかった。これが読みたい本であるなら、読書感想文の課題本にもなりうるってことですものね、倉井くん」

槇乃さんはそう言って、話も会計も僕に委ねる。

「え、ええ、まあ」

僕はあわてて眼鏡を押し上げ、槇乃さんから絵本を受け取った。そんな僕を疑わしそうな目で見つつ、森屋さんは「感想なんて、今回も〝腹立たしい〟以外なさそうだけど」と独《ひと》り言《ご》つ。

「もし、お時間があるなら、お店で読んでいかれませんか？」

槇乃さんが尋ねると、森屋さんは喫茶スペースをちらりと見て、迷うそぶりを見せた。

「時間はあるけど――わたし、一人だけの空間でないと本に集中できないタチだから」

「ありますよ、おひとりさま空間」

目をしばたたかせる森屋さんに笑顔を向けたまま、槇乃さんは僕に地下書庫への案内を頼んだ。

＊

森屋さんを地下書庫のソファまで案内してから売り場に戻ると、何人かのお客様がレジ前に並んでいた。僕はすぐにレジカウンターに入って、槇乃さんの隣でレジを打ち、雑誌を袋に入れたり本にカバーをかけたりする。

その混雑が一段落してから、槇乃さんが顔を寄せてきた。

「オットーが来ることになりました」

「え？　今からですか？」

「はい。星莉菜さんが来店していることを伝えたら、〝夕方には到着できるだろう〟って」

「森屋さんの進路問題、かなり切羽詰まってるんですね」

僕は双方に同情しながら言う。槇乃さんは「留年がかかっているわけですから」と妙にばつが悪そうにうなずいたかと思うと、がらりと口調を変えて聞いてきた。

「時に倉井くん、『100万回生きたねこ』を読んだことがありますか？」

「いいえ。ないです。たぶん」

「たぶん？」

「ひょっとしたら、子供の頃に誰かが読んでくれたかもしれないけど、記憶にありません」

「なるほど」

槇乃さんは両手をレジカウンターの内側にある棚に突っ込み、件《くだん》の絵本をずずっと引き出す。

「では、お客様のいない今のうちに一応、読んでおいてください」

「え？　僕も？」

「いつ何時、出番がくるかわかりませんから」

「出番？　出番って何です？」

追いすがる僕をかわしながら、槇乃さんは喫茶スペースへと移動する。そこは甘いにおいに包まれていた。

ケーキクーラーの上に置かれていたのは、山のようにこんもりしたスポンジケーキだ。栖川さんが涼しげな顔でケーキナイフを横に滑らせ、四層に分けていく。その脇にイチゴの盛られたボウルがあり、ホイップした生クリームが氷水で冷やしてあった。

僕が喉を鳴らすと、栖川さんが青い目を上げてつぶやく。

「クリスマスケーキ」

「はい。とてもおいしそうです」

「ただのクリスマスケーキじゃねぇぞ」

カウンターの端の席で文庫本を読んでいたヤスさんが、僕の方を向いた。文庫本の表紙も向き、『真夜中の果物《フルーツ》』というタイトルが読める。

ヤスさんは「ほら、栖川。坊っちゃんバイトに見せたれ」と煽《あお》っていたが、栖川さんの手が空かないことに痺れを切らし、結局、自分でカウンターの中に立てかけてあった絵本を掲げてみせた。

「『ぐりとぐらのおきゃくさま』?」

「おうよ。この中に出てくる──チョコレートとクリームのどっさりのったクリスマスケーキだよ。おいコラ、坊っちゃんバイトも一度は食べてみたいと思ったクチだろ?」

「え、ええ、まあ」

僕は眼鏡の縁を持って、ヤスさんがひらいたページを見つめる。赤いズボンの男性が、野ねずみのぐりとぐらに大きなケーキを差し出していた。

「スポンジに生クリームを塗ってから、チョココーティングする」

栖川さんがシンプルにレシピを説明してくれたが、この四層に分かれた土台がどういう手順でどうなって絵本の中のケーキに近づくのか、僕にはさっぱり想像できない。

曖昧《あいまい》な笑顔のまま「へえ」と相槌《あいづち》を打つと、栖川さんはすっと背中を向けてしまう。興味の薄いことを見抜かれたらしい。

一方でヤスさんはしきりに「残念だなあ」を繰り返す。いかにも質問を待っていそうなその口ぶりを聞き流していると、「おい。俺が残念だって言ってんだよコラ」といきなりキレられた。仕方なく、僕はほとんど棒読みで尋ねる。

「何が〝残念〟なんですか？」

「いやー、実はな、栖川のクリスマスケーキを食べたいのは山々なんだが、ちょいと俺には野暮用があってな、うん。イブの今日は夕方から抜けなきゃなんねぇの。残念だなあ」

「あ、そうか。今夜、ヤスくんは佐月先生とデートだ」

「なっ、バカ南。南バカ。そんなあっさり言うなバカ。恥ずかしいだろうが」

槇乃さんを猫なで声で罵倒しつつも、ヤスさんは相好を崩した。

「ヤス、うるさい」

栖川さんの美声がびしりと飛ぶ。ヤスさんに対し、栖川さんが身も蓋《ふた》もない発言をすることはよくあるけれど、今日みたいに険のある言い方は珍しい。僕がそう思うくらいだから、言われた当のヤスさんは尚更《なおさら》そう感じたのだろう。奥目をしばたたき、初対面の人を前にしたように栖川さんを見た。

「――やっぱり怒ってんな、栖川。朝は〝怒ってない〟って言ってたけど、ずーっと変だぜ。カリカリしてる」

「怒ってない。ヤスはうるさいという事実を述べただけ。怒ってはいない」

栖川さんは青い目でまっすぐヤスさんを見返し、言い切った。

僕がおろおろしていると、肩にふわっと手が置かれる。槇乃さんだ。僕を見て、静かに首を横に振った。

(だいじょうぶだから)

声には出さず口の形だけで喋り、僕の背中をそっと押した。押されるまま、僕がテーブル席につくと、今度は明るい声を出して言う。

「じゃ、読んでおいてくださいね。星莉菜さんのお迎えは、読んだあとでお願いします」

槇乃さんが颯爽《さっそう》とレジカウンターに戻ってしまったあと、僕は『100万回生きたねこ』をひらいた。どうしても気になって、読みはじめる前にちらりとバーカウンターを覗く。栖川さんは黙々とクリスマスケーキを作りつづけ、ヤスさんはふたたび文庫本に目を落としていた。槇乃さんの言った通り、だいじょうぶそうだ。

僕は小さく息をつき、目の前のページの文章と絵に意識を集中した。

結局、僕は『100万回生きたねこ』をゆっくり三回読み返した。子供向けに書かれた作品で、文章も絵も難解なわけじゃない。ストーリーも複雑なわけじゃない。ページをめくれば、場面と流れが無理なく頭に入っていく。

それでも、最後の絵の左に一文だけぽつんと置かれた白いページまで来ると、「えっ?」となって読み返さずにいられなかった。

同時に、どうして森屋さんはこの絵本を読んで〝腹立たしい〟気持ちになったのだろうと不思議に思った。

槇乃さんの言いつけ通り、森屋さんを迎えに地下書庫へ向かう。照明はついていないので、手に持った懐中電灯の光が頼りの暗闇道中だ。

最後の細くて長い階段を降りきると、蛍光灯の明かりのもと、地下鉄のホームがお目見えした。ホームの端に立てば線路やトンネルも見える立派な駅だが、このホームに電車が停車したことは一度もない。戦前に建設を計画され、戦争のせいで中止になった幻の路線だ。長らくその存在すら明かされず野原駅の地下深くに放置されてきたが、〈金曜堂〉の開店にあたり、地下書庫として生まれ変わった。駅の外観こそ手つかずだが、空調や照明設備は整い、長いホームには乗客ならぬアルミ製の分厚い書棚がいくつも並んでいる。

森屋さんはその書棚の奥、書店員達の仮眠スペースにもなるソファの上で長い足を折り曲げるように座り、ぼんやり書棚に目を走らせていた。とっくに読み終わっていたのか、『100万回生きたねこ』は脇に放りだしてある。

「お待たせして、すみません」

僕が息を切らせて近づいていくと、森屋さんは視線を書棚に向けたまま「かまいません」とつぶやいた。目の前に立つとようやく顔を上げ、僕に視線を合わせてくれる。ほうと息をつき、まばたきした。目を伏せるたび、長いまつ毛が頬に影を作る。

「地下書庫の絶景を堪能《たんのう》していました。ここにあるのは全部、〈金曜堂〉の本なんですか？」

「そうです。以前、野原町《のはらちょう》にあった本屋さんから譲り受けた本も混じっているようですが」

「ふーん。駅ナカ書店はスペース的に売れる本しか置いていないのかと思ってました。いつも雪平《ゆきひら》モールの中の本屋まで足を延ばしてたけど——これからはこっちに来よう」

「書店にはよく行かれるんですか？」

「はい。あ、でも読みたいわけじゃなくて——たまに、内容を知りたくなる本があるだけ」

「読みたい」と「内容を知りたい」の違いが僕にはよくわからなかったが、森屋さんはあくまで「違う」と言い張った。それでも、店に来たばかりの時よりは、身構えずに話してくれるようになった気がする。地下書庫のおかげだろう。僕は嬉しくなって「ぜひ今後とも〈金曜堂〉をご贔屓に」と頭を下げた。そしてせっかくだから、もう少しだけ踏み込んでみる。

「内容を知りたくなる本って、たとえば？」

「え？　えっと——『六番目の小夜子《さよこ》』とか」

そのタイトルを聞いた瞬間、僕の脳裏にふわっと夏の情景がよみがえった。教室で楽しそうに文化祭の準備に励んでいる高校生達。それを見守る若い男性教師。教師は生徒達から教室の窓に視線を移す。窓の外に見える青い空と大きな入道雲を見て、ふと思う。

——この窓の向こうに、海がありそうだ。

本当は海なんか全然見えない山の中の高校の教室で、若い教師はそう思ったそうだ。

残念ながら、これらはすべて僕の思い出ではない。今年の夏のある金曜日に、元高校生達と今や中堅教師となった男性の口から、十年以上前にそういう夏があったと聞いただけだ。だけど、それを聞けたことが、僕の二十歳の夏を作ったことは間違いない。おおよそ十年分大人になった元高校生達と本といっしょに過ごした日々を、いつか思い出として頭に浮かべる時がきたら、僕は〈金曜堂〉の書棚やカウンタースツールや地下書庫の暗いトンネルの先に、海を感じる気がする。きっと。

感慨にふけってしまっていた僕は、森屋さんの視線を感じて、あわてて言った。

「いいですよね、『六番目の小夜子』。〈金曜堂〉の書店員も全員、読んでいますよ」

森屋さんがふっくらした唇を噛《か》む。傍らの『100万回生きたねこ』を拾い上げながら、低い声で尋ねてきた。

「音羽先生の元教え子がここの書店で働いているらしいけど、誰です？　店長さん？」

「南店長、オーナーのヤスさん、喫茶スペースにいる栖川さん——僕以外全員です。三人とも野原高校の卒業生で、読書同好会〈金曜日の読書会〉の設立メンバーなんですよ」

僕はアーモンド型の目が縦に大きくひらかれる。その瞳がかすかに潤んだように見えて、僕は首をかしげた。

「えっ」

「音羽先生から聞いてませんか?」

「聞いてません。何も」

震える声で言うと、森屋さんは唇をぐっと結ぶ。

「そんなに前からあったんですね、ウチの学校の読書同好会」

「南店長達の代が卒業したあと、東膳さんが再び起ち上げるまで、休止期間が長くありましたけどね。音羽先生もいったん異動されていたって――」

「そう。今年の四月に赴任してきたんです。野原高校は初めてじゃないとは言ってたけど、同好会の顧問の話は何も」

途切れさせた声に滲《にじ》んだ感情は――僕の見立てが間違っていなければ――悔しさだ。森屋さんは整った顔を歪ませて言った。

「やっぱり、たかが一年間担任していたクラスの生徒になんて、当たり障りのないことしか話しませんよね。顧問をしている部活動の生徒達とは、結びつきの形も強さも全然違うんですよ。わたしがもしこのまま卒業しても、十年後に音羽先生から頼られたり連絡がきたりするとは思えない。それどころか、顔も忘れてそう――」

「いや、それはないでしょう」

「どうしてそう言い切れます？　あなたは音羽先生の何を知ってるんですか？」

きっと睨まれ、僕は口をつぐむ。深く傷つき、一度は読書同好会から身を引いた音羽先生が、どうして今また紗世ちゃん達の顧問をしているかなら知っている。でも、そんなことは森屋さんに言いたくない。森屋さんだって僕から告げられたくはないだろう。

僕は「すみません」と謝り、先に立って歩きだす。そして前を向いたまま話を変えた。

「『100万回生きたねこ』はどうでした？　サンタクロースは見つかりましたか？」

「見つかりません。本文中にサンタはやっぱり出てこなかったし、何がサンタなのかもわからなかったし、ねこは腹立つし。これで読書感想文を書けと言われても、無理です」

後ろから返ってくる言葉はそっけない。僕は「そうですか」と足を止めて、振り返った。

「森屋さん、このあとにご予定とかあります？」

「イブの夜の予定ってことですか？」

森屋さんが僕を睨みつけ、後ずさった。勘違いされたらしい。

「あ、違う。違うよ。夕方頃、〈金曜堂〉に音羽先生がいらっしゃるそうだから、もし時間があるなら店に残っていただくのはどうかなって――」

「来るんですか？　音羽先生が？」

「うん。森屋さんが地下書庫で『100万回生きたねこ』を読んでいるって、南店長が電話で話したら、どうしても来たいって」

森屋さんの眉がみるみる寄っていく。

「何それ？　出張進路相談的なやつ？　わたし、音羽先生に話なんてありません」

「話したくないことを、無理に話す必要はないと思います」

僕の言葉に、森屋さんは「でも」と迷うそぶりを見せる。そこで、僕はもう一言付け足した。

「ただ、もし話したいことが見つかったら、学校以外の場所で会えて、他の生徒の目も時間の制約もない今日は、とてもいい機会になるのではないでしょうか？」

森屋さんがまっすぐ僕を見つめる。くっきりしたアーモンド型の目は、星を映しているかのようにきらきらしていた。まともに見返すのが畏《おそ》れ多いくらいの美しさだ。森屋さんは子供の頃からずっと「きれい」と言われてきただろうし、この先もずっと言われつづけていくのだろう。

僕は何だか少し森屋さんが気の毒になった。「あと三キロ痩せたい」「もう少し目が大きければ」なんて言いながらダイエットしたりメイクに凝ったりできるくらいが、ちょうどいい幸せなんじゃないかと思ったからだ。そんな考えを抱いたのは、たぶん『100万回生きたねこ』を読んだせいだ。

僕は踏ん張って森屋さんを見つめ返し、人差し指を天井に向けた。

「上がりましょうか」

森屋さんはうなずく。さらさらと揺れた長い黒髪が表情を隠した。

＊

音羽先生が現れたのは、午後五時を少し回った頃だ。槇乃さんがさっそく、喫茶スペースのテーブル席で読書感想文を書いている森屋さんの元に案内した。

「よぉ」と手をあげて挨拶しかけた音羽先生に、森屋さんが先制パンチを繰り出す。

「クリスマスイブに一人で本屋に来るなんて、先生、彼女いないんだね」

「――クリスマスイブに読書感想文書いている森屋に、言われたくないよ」

音羽先生が鋭いジャブを返し、さらに森屋さんの手元を覗き込む。

「どう？　執筆は順調か？」

「見ないで」

森屋さんは顔を赤らめ、上半身でテーブルを覆うようにして原稿用紙を隠した。

「南――店長から聞いたよ。『100万回生きたねこ』を読んだんだって？」

「絵本じゃダメでしたか？」

「ダメじゃないさ。森屋の読みたい本なら何でもいいって言ったろ？」

「読みたい本に無理やりされたって感じですけど」

森屋さんはむっと唇を曲げた。彼女の美しさは、への字口になろうが崩れない。それでも少しだけ幼く見えた。音羽先生が森屋さんの言葉を検分するように首をかしげていると、槙乃さんが右手を高々とあげて進み出る。

「オットー——音羽先生、提案があります」

「何？」

「森屋さんが読書感想文を速やかに仕上げるためにも、ここはひとつ、二人で『100万回生きたねこ』について話し合ってみてはいかがでしょう？」

「ええー」

音羽先生と森屋さんから同時に声があがったが、槙乃さんは余裕で受け止め、にっこり笑った。

「二人の意見だけじゃ足りない時は、ここに控える倉井くんが参加しますので」

突然背中を押され、僕は「へぁ？」と情けない声を出してしまう。だが同時に、どうして槙乃さんが僕に件の絵本を読ませておいたのか、わかった。槙乃さんははじめからこのつもりだったのだ。

僕はふと思いついて、二人に言ってみる。

「難しく考えることはないと思いますよ。二人で読書会をする感じで——」

「そうそう！」

僕の言葉に、槇乃さんは首がもげてしまうのではないかというほど強くうなずき、音羽先生を森屋さんの向かいの席に座らせた。

「読書会——」とつぶやいた森屋さんを、音羽先生がなだめる。

「いきなりそんなこと言われてもなあ？　困るよな、森屋？」

「困りません」

アーモンド型の目をきっとみひらき、森屋さんはきっぱり言い切った。

「このまま一人で読書感想文を書きつづけるより、よほど建設的です。読書会、やります」

外では雨が降りだしたようだ。跨線橋を渡る人の手に長い傘が目立ちはじめた。

槇乃さんは音羽先生と森屋さんを僕に任せて書棚スペースのレジカウンターに戻ったあと、お客様の応対をしたり、レジを打ったり、伝票だか発注書だかを手元で作ったりと、さっきから忙しそうだ。それで肝心の二人はといえば、まだ一言も声を発していない。僕がはらはらしながらカウンター席で見守っていると、自動ドアがひらき、ついさっき「あとはまかせた」と勢い込んで早退していったヤスさんが戻ってきた。

「おかえり」

サイフォンのフラスコに入れた水をあたためながら、栖川さんが声をかけたところ、ヤスさんはパッドの入ったソフトスーツの肩を怒らせる。

「帰ってきてねーよ。傘忘れただけだ」

ヤスさんはそのままバックヤードへ駆けていき、いつも置きっ放しにしてある黒い蝙蝠《こうもり》傘《がさ》を取って戻る。自動ドアに向かうついでに、音羽先生の丸まった猫背をばしんと叩《たた》いた。

「何、気張ってんだよ、オットー」

槇乃さんと栖川さんが目を剝《む》いたが、上機嫌のヤスさんには通じない。テーブルの上に置かれた絵本を見つけると、「けけけ」と悪魔のように笑った。

「おっ。俺も読んだぞ、『100万回生きたねこ』。最初のページから《しなない》《しんで》《しんだとき》って、やたら〝死〟のあふれた絵本だった。なのにタイトルは、逆の《生きた》にしたところがポイントだよな。作者の言いたいことがビシーッと飛んできてるっつーか――っと、いけねぇ。無駄話してる時間はなかったんだ。んじゃ、お先」

言いたいことだけまくしたて、ヤスさんはふたたび去る。勝手なふるまいだったが、二人には案外いいきっかけになったらしい。森屋さんが自然に口をひらいた。

「作者の言いたいことって、結局、何だったんですか？」

「――それを知りたいなら、考えるのはおまえの課題だ」

「でも、わたしはこの佐野《さの》洋子《ようこ》って作者じゃないし」

ぷいと横を向いた森屋さんだが、完璧な横顔を見せたまま、すぐ尋ねる。

「〈金曜日の読書会〉のメンバー達は――いつもちゃんと考えるんですか？」

「考えるやつもいる。でも、作者の言いたいことなんてまるきり無視するやつも多い」

音羽先生はのんびり言って、頬杖《ほおづえ》をついた。

「ウチの読書会は発足当時からもっと、なんというか、自由なんだ。小説の読み方に規則なんかないし、読み取らなければいけない義務もない。メンバーは好きに読み、好きに喋る。東膳なんて――あ、一年の女子生徒なんだが、米澤穂信《よねざわほのぶ》の『さよなら妖精《ようせい》』が課題本になった時は、小説の内容関係なく一九九一年の世界情勢を地図まで作って解説してたな」

「そんなのありなんですか」

「ありだよ。ウチの読書会なら大ありだ。だから作者の主張の考察でも何でもかまわない。森屋がこの本をどう読んだのか、好きに話してくれ。俺に教えてくれよ」

「〈金曜日の読書会〉みたいに？」

「その通り。的を射ようとか気負わず、他のやつがどう読んだかなんて気にせず、本のことだけを考えて、自由に話せばいいんだ」

音羽先生はそう励ますと、テーブルの上に置かれた『100万回生きたねこ』の表紙を見つめて、森屋さんの言葉を待った。僕らも待った。店が静けさで満たされる。

「これ」と唐突に美声が響いた。振り向くと、栖川さんがカウンターの中からトレイを突き出している。トレイの上には薄く切ったシュトーレンと大きなマグカップに入ったカフエオレが二つずつ置かれていた。シュトーレンの皿にはバニラアイスが添えられている。

僕が受け取り、森屋さん達のいるテーブルに持っていった。

「いいのか?」とバーカウンターを振り仰いだ音羽先生に、栖川さんはうなずく。

「クリスマスプレゼント」

「ありがとうございます。いただきます」

森屋さんが小さな声で、しかしはっきりと礼を言い、マグカップを両手で抱えた。ふうふう冷ましながら、一口飲む。ミルクのあまい香りが僕の方まで漂ってきた。

「おいしい」

森屋さんはそうつぶやくと、バニラアイスを一口食べて、身を乗り出した。

「〝そりゃそうでしょ〟って思いました、わたしは」

トレイを抱えたままテーブルの脇に立っていた僕は、とっさに音羽先生を見下ろす。音羽先生も不意打ちだったらしく、切り口にドライフルーツやナッツが美しく覗くシュトーレンを齧《かじ》ったまま、「んっぐ」とうなずいた。

「だって《ねこ》は、《王さま》や《船のり》や《サーカスの 手品つかい》や《どろぼう》や――その他いろんな人達に愛されて、その死を悲しまれたのに、全然感謝してなかったんだもの。いざ自分が愛を知った時に、100万回泣いて、泣き疲れて死んだって聞いても、ていうか読んでも、〝そりゃそうでしょ〟ってなりますよ。〝何を今さら〟って、わたしは腹が立ちましたね」

「――なるほど。森屋はこの《ねこ》の死を、自業自得だと思ったわけだ」

音羽先生が腕を組んで、ソファに深く座り直す。

「ざまあみろとは思わないよ。だけどかわいそうだとも思えない。だって《ねこ》は――」

森屋さんはテーブルの上から『100万回生きたねこ』を手に取り、長い指でページをめくる。落ち着いたアルトが美しく響いた。

「《ねこは、1回も　なきませんでした。》

《ねこは、王さまなんか　きらいでした。》

《ねこは、海なんか　きらいでした。》

《ねこは、サーカスなんか　きらいでした。》

《ねこ》はみんなから好きだのかわいいだの愛してるだの言われつづけて、本当の〝好き〟や〝愛してる〟がどういうものなのか、わからなくなったんじゃないでしょうか。一回そうなると大変なんです。自分の心の中が〝嫌い〟なものや人で溢《あふ》れかえってしまうので」

森屋さんは《100万回も　生きた》ねこの絵が描かれたページを前から順に見ていき、首を横に振る。

「ほらね、どの人生でも――あ、猫生っていうのかな――苦しそうな顔をしてる。全然笑ってない」

僕も覗き込んでみたが、たしかに前半は、どのページでもねこは笑っていなかった。音羽先生がカフェオレを一口のんでから、「ちょっと待って」と口を挟む。森屋さんから絵本を取り上げると、ページをぱらぱらと後ろの方までめくっていった。

「だけど、見てみな。《白いねこ》と出会ってからは、ねこも嬉しそうだぞ。この宙返りしてみせている絵とか自分の家族に囲まれている絵とか、完全に笑ってないか？」

森屋さんは音羽先生が示したページにちらりと目をやり、そのまま目を伏せる。

「だから死んじゃうんでしょ？　何もかもを嫌って生きてきたねこが、たまたま愛を知ったところで何？　今さら許されるわけない。その証拠に、カミサマがエンドマークをつけちゃった」

ふーと息を吐いたのは、音羽先生だったのか僕だったのか？　おそらく二人同時だったのだろう。森屋さんの読み方では、見事に一ミリも救いの入る隙間がない。

さらにその読み方を踏まえると、森屋さんの〝何を今さら〟という言葉は、腹が立っているというより、怯《おび》えているように聞こえた。

「森屋はずいぶん、ねこに厳しいんだな」

音羽先生はそう言って絵本をテーブルに置くと、皿に残っていたシュトーレンの欠片《かけら》をバニラアイスに混ぜて口にする。

森屋さんは音羽先生のもぐもぐ動く口を見ながら、長い髪を掻き上げた。流れる髪の下から現れたのは、どきりとするような大人びた表情だ。

「わたしのルックスって、いいですか？」

その唐突かつ直接的な質問に、音羽先生の喉がごくんと鳴るのが聞こえる。シュトーレンを塊のままのみこんでしまったのだろう。むせながらカフェオレのマグカップを傾け、音羽先生は「ああ」とか「まあ」とか実に頼りなく肯定した。

森屋さんは気にした様子もなく、「ですよね」と真面目《まじめ》な顔でうなずく。

「〝きれいだね〟〝かわいいね〟〝美人だね〟って、小さい頃からずっと言われてきました。〝きれいだけど性格悪そう〟〝美人だけど趣味じゃない〟〝整いすぎて魅力に乏しい〟とかもさんざん言われました。人目を引く外見で得をしたことも損をしたことも、同じくらいあります。それで商売でもしないかぎり、外見のよさなんて本当に損得半々でプラマイゼロなんです。だから、わたし自身は自分のルックスはどうでもよくて、でも、〝どうでもいい〟なんて言ったら角が立つから、賞賛なり悪口なりをただ受け止めるしかなくて――いつもストレスでいっぱいでした。いえ、今もストレスです、常に」

森屋さんはふっと息をゆるめ、カフェオレのマグカップの持ち手を指でなぞる。

「わたしは、わたしのことを〝好きだ〟と言ってくる人が嫌いです。〝嫌いだ〟と言う人も嫌いです。わたしを褒める人のことも、貶《けな》す人のことも、嫌いです。誰かがすすめてくれた物も、誰かがプレゼントしてくれた物も、嫌いです。気づいたら、好きなものはなくなり、嫌いなものばかりに囲まれていました」

「100万回生きたねこのように?」

「はい。ねこのように」

音羽先生の問いにうなずき、森屋さんは微《かす》かに身を震わせた。

「こんな気持ちで世の中や人と接してきたわたしです。きっと、愛を知った時もしあわせにはなれないと思います。この本の中のねこのように」

ぶるりと震えがきた。足下から冷気がのぼってくる。栖川さんがバーカウンターから出てきて、暖房の温度を上げた。音羽先生はゆっくり無精髭を撫でる。僕は眼鏡を押し上げ、泣きつきたい気持ちでレジカウンターを見やった。

槇乃さんはこちらの様子を気にしているようだったが、書棚スペースにちらほらお客様がいるため、レジから離れることはなさそうだ。さて、この場をどうしよう? 僕が焦っていると、槇乃さんが素早く親指を突き出した。眼鏡の縁を持ってよく見れば、口が動いている。

（ガン、バ、レ、ク、ラ、イ、ク、ン）

——がんばれ、倉井くん。

脳内でそう変換できた時、僕は背骨にあたたかい電流みたいなものが流れるのを感じた。背筋を伸ばし、自分がいつも当たり前のように付けているモスグリーンのエプロンと名札を見下ろす。

そうだ。僕も書店員なのだ。アルバイトだけど、〈金曜堂〉の書店員なのだ。

僕は音羽先生や森屋さん、それに栖川さんにも気づかれないよう、控えめに親指を突き出してみせた。口は動かさなかったけれど、心に誓う。

——がんばります。

トレイを栖川さんに返すと、僕は「ちょっとすみません。もう一度、読んでもいいですか」とテーブルの絵本を取り上げた。

栖川さんがタイミングよく森屋さん達にカフェオレのおかわりを持ってきてくれる。僕は目礼だけして、さっそく読み返した。

何度読んでも、この物語の終わり方には心がしんとする。大団円にも思えるし、大団円だからこそ、もう少しねこの笑顔を見ていたかった気もする。ただ、僕は最後のページの一文を読んだ時に、ねこのこれまでの人（猫）生の〝自業自得〟だとはどうしても思えなかった。そんな見方をするのは、やはり森屋さんがねこ側の人間だからだろう。そしてそういう自分にほとほと嫌気がさし、罪悪感をぬぐえず、未来を恐れている。そんな森屋さんに愛を届けられるサンタクロースがいるとしたら――？

「心に〝嫌い〟がいっぱいなのは、いけないことですか？」

僕の問いかけに、両手をあたためるようにマグカップを包みこんでいた森屋さんが「え」と顔を上げた。

「《王さま》も《船のり》も《サーカスの　手品つかい》も《どろぼう》もたしかにねこを愛しましたが、それと同じくらいひどいことをしているじゃないですか。危険な戦場に連れていったり、およげないねこを海に連れ出したり、命がけの手品の手伝いをさせたり、泥棒の相方にしたり――」

「彼らは大好きなねこと片時も離れたくなかったんでしょう？」

森屋さんが眉を八の字に下げて言う。僕は首を横に振った。

「それは好きとか愛とかじゃなくて、ただの執着です。執着はエゴです。エゴをぶつけられ、のみこまれ、死ぬしかなかったねこが、その飼い主達を嫌いになるのは当然ですよ。森屋さんもそうなんじゃないですか？　苦しい思いばかりさせられるから、自分に向けられた誰かの思いや物を嫌いになっちゃうのでは？」

100万回も生きられたねこ、そして森屋さん。彼らがその恵まれた境遇をとことん利用してうまく立ち回れる猫や人だったら、心の中が嫌いなものだらけにはならなかっただろう。だからといって好きなものや信じるものだってできず、たぶん心が空っぽのまま死んでいったに違いない。

「誰かのエゴを拒絶するには、パワーがいります。無視したり嘘《うそ》をついたりして適当に流す方が楽に決まっているんです。それでもあえて〝嫌い〟と断って、その言葉の強さに自分で傷つき苦しみながらも、正直に生きることを選んだ森屋さんは、天に罰せられるようなことは何一つしてません。胸を張って、本当に好きな人や物が現れる日を待てばいいんです。《白いねこ》を見つけたねこのように」

「ねこのように？」

森屋さんが今度は僕に問いかける。怯えたように唇をすぼめ、小さな声でつぶやいた。

「心の中が〝嫌い〟でいっぱいのわたしが、本当の愛だとか本当に好きな人だとかに、ちゃんと気づけるのかな？」

「気づけます。だってこの絵本の中に、自分の心をたしかめる方法がちゃんと書いてありますから」

僕は絵本の該当ページを指で示した。

「その誰かのことが《自分よりも　すきなくらい》だったら、あるいは、その誰かと《いっしょに、いつまでも　生きていたい》と思えたら、気持ちは本当ですよって」

僕から絵本を奪ってその文章に何度も目を走らせる森屋さんに、そっと告げる。

「このメッセージは、サンタクロースから森屋さんへのプレゼントです」

「サンタクロース――本当だ。この本の中にちゃんといたんだ」

森屋さんの目が潤み、唇を噛んでうつむいた。そのままの姿勢でくぐもった声をあげる。

「先生。わたしが留年を希望した理由を教えます」

辛抱強く見守ってくれていた音羽先生は「うん」とやさしく返事して、ポケットから出したハンカチを森屋さんに渡す。シワだらけのチノパンや伸び放題の髪とは違い、先生のハンカチは清潔でぱりっとしていた。森屋さんは黙って受け取り、洟《はな》をすする。

「わたしはもっと――先生といっしょに過ごしたかったんです。もう一度三年生ができるなら、読書同好会に入って、先生と授業とは違う話をたくさんしてみたかった。だって、先生が時々してくれた旅の話や先生が保ってくれる距離感は、わたしの中で〝好き〟までいかないけど、〝嫌いじゃない〟ってはじめて思えたものだったから――」

「――なあんだ。よかった」

「よかった?」

音羽先生の暢気な物言いに、僕と森屋さん、そしてバーカウンターの中から栖川さんが視線を飛ばす。音羽先生は猫背を伸ばして力説した。

「いや、本当によかったよ。それなら何もわざわざ留年することはないからさ。来ればいいんだ。時間がある時にいつでも何回でも――そう、それこそ100万回遊びに来てくれよ、森屋。〈金曜日の読書会〉はいつだってOB・OGの参加大歓迎だ」

「でも、わたしは〈金曜日の読書会〉のメンバーじゃ——」

「変則的ではあるが、俺と今日こうして読書会をしたじゃないか。立派なメンバーだよ」

森屋さんの真剣な眼差《まなざ》しを正面からしっかり受け止めると、音羽先生は頭を掻いた。

「それに、俺の話を聞きたいと思ってくれているなら、喜んで話すさ。卒業したあとまで学校に遊びに来てくれる教え子って、案外少ないんだ。だから嬉しいよ。卒業生相手じゃないとできない話もたくさんあるからね。いや本当に」

最後は〝先生〟という仮面をいったん外し、音羽先生は素の笑顔を見せた。その笑い方は、先生のハンカチと同じように清潔だった。僕はかたまったままの森屋さんを覗き込む。その顔はひどく混乱し、いつもよりクールさが薄まっていて、とても魅力的だった。

「そうですよ、森屋さん。卒業してから、音羽先生を訪ねて野原高校に行けばいい。100万回通って、読書会に参加したり、先生と話をしたりすればいいじゃないですか。卒業までじゃなくて、卒業から始まる関係もありますよ。現役大学生の僕が保証します」

——100万回会って、音羽先生が自分にとっての《白いねこ》なのか、じっくりたしかめたらいい。先生はきっと何回だって、正々堂々と向き合ってくれるはずだから。

僕は心の中でそう付け足した。

＊

結局、槇乃さんが喫茶スペースに来て僕から話を聞けたのは、森屋さんを音羽先生が送っていった二時間後、〈金曜堂〉が営業を終えてからだった。

栖川さんのいれてくれたカフェオレを前に、僕と槇乃さんがカウンター席に並ぶ。

「じゃあ、星莉菜さんは？」

「はい。予定通り、推薦をもらった大学に進むと言ってました。ちなみに古典の追試代わりの読書感想文も、音羽先生が今日の読書会を特別補講にカウントすることで免除となりました」

「それはよかった。本当によかったです。やっぱりオットーはいい先生ですね」

ぱしんと手を合わせて笑う槇乃さんに、僕はどうしても聞きたかったことを尋ねた。

「南店長は森屋さんの音羽先生への気持ちを知って、あの絵本をすすめたんですか？」

「ええ。〈金曜日の読書会〉の話をしている時に、星莉菜さんはとても悔しそうな顔をしていました。それと、心の中が嫌いなものばかりと言っていた星莉菜さんが、唯一自分から手を伸ばした〝留年〟が彼女に何をもたらすのか考えた時に、そういうことなんじゃないかと」

「さすがですね」

僕が素直に感心していると、槇乃さんは恥ずかしそうに打ち明けてくれる。

「あと――実は私自身、高校を卒業したくなくて〝留年したい〟と駄々をこねたことがありまして。星莉菜さんの気持ちが想像しやすかったというか」

「えっ。槇乃さんも音羽先生と離れがたくて？」

「あ、違います。違います。違います」

槇乃さんは全力で首を横に振って否定した。

「オットー個人じゃありません。私の場合は、〈金曜日の読書会〉のみんなとの日々が終わるのがつらかったんです。卒業がゴールテープのようで、そこを走り抜けたら全部が終わっちゃうと思ってたんですよね、あの頃は。何でだろう？」

実際は卒業してもちょくちょく集まっては本の話をしてたし、今では同じ職場で働いているんですけど、と槇乃さんは照れたように笑った。その話の中にジンさんの名前はおろか気配すら出さなかったのは、あえてだろうか？

一瞬よぎった疑問を抑え込み、僕はカウンターの中で立ったままカフェオレをのんでいる栖川さんを見上げた。

「当時の同級生達の間では、有名な話なんですか？」

「有名。南槇乃教室立てこもり事件」

「ちょっと、栖川くん！　勝手に事件にしないでよ。倉井くんも信じないでくださいね。私、立てこもってなんかいないです。ただちょっと鍵をかけてみただけで――」

赤い顔でわたわた腕を振って、苦しい言いわけをつづけている槇乃さんに、僕は笑いながらうなずいた。

「ともかく、森屋さんのサンタクロースを見つけられてよかったです」

「私は最初から、倉井くんが見つけてくれるって信じてましたよ」

「またまた――」

冗談で返そうとした僕を、槇乃さんの大きな目が捉える。

「本当に。倉井くんはお客様に寄り添って本が読める人だから、きっとだいじょうぶだって信じられたんです」

「――あ、ありがとうございます」

僕が喜びと感謝でぱんぱんに膨れあがった胸の内を伝えたくて言葉を探していると、自動ドアがあいた。最終電車が去り、改札もしまったあとなのに一体誰が？　と振り返ってみれば、ずぶ濡《ぬ》れのヤスさんが立っている。ラメ入りの高そうなスーツは変色し、これでもかと立たせてあった金髪も、雨に打たれてくったり折れていた。

「どうしたの、ヤスくん？」

「どうもこうもねーや。夜更けすぎだってのに雨は雪に変わりそうもねーし、倫子さんには急患の連絡が入るしよ、おひらきにして帰ってきた」

槇乃さんが走ってバックヤードに行き、白いスポーツタオルを持って戻ってくる。

「こういうのしかないけど――」

「悪《わり》ぃな。タクシーがなかなか捕まらなくて。傘は倫子さんに貸しちまったし」

タオルで頭をごしごし拭きながら、ヤスさんの口調はあくまで軽かった。栖川さんの目が青さを増して、ヤスさんを貫く。

「――んだよ、栖川？」

「別に」

栖川さんは冷蔵庫に向き直り、中からぐりとぐらのクリスマスケーキを取り出した。

「今から食べるところ」

「お。マジで？　俺が帰ってくることを知っていたようなタイミングじゃねぇか」

「想定の範囲内」

「何だとコラ」

まあまあまあと槇乃さんが間に入る。

「ヤスくんはとりあえず濡れた服を着替えてきて。風邪《かぜ》引いちゃうよ。バックヤードのロッカーに何かあるでしょう？　その間にケーキと飲み物を準備しておくから」

槇乃さんの指示におとなしく従ったヤスさんは、ナイロンジャージに着替え、頭に白いタオルを巻いてと、完全にヤンキーの見た目となって戻ってきた。

それに合わせ、栖川さんがあらためて僕ら全員分のカフェオレをいれてくれる。

スポンジケーキの山をたっぷりのチョコでコーティングして、さらに周りをクッキーで飾り付けたぐりとぐらのクリスマスケーキは、深夜に食するにはカロリーの高すぎるスイーツだったけれど、僕らは気にせず食べた。槇乃さんなんて「クリスマスイブですし！」と三切れもたいらげていた。

実は森屋さんと同じで、僕も子供の頃からサンタクロースを信じてこなかったクチだ。

けれど今夜ばかりは、凍《い》てつく雨の野原町を飛び回るサンタとトナカイが見えた気がした。

第2話

ステップ

クリスマスが終わると、あっというまに正月がやって来る——そんなふうに思っていたのは、僕が今までその時期を、比較的気楽に過ごしていたからだと気づいた。

というのも今年は、入院中の父さんの三番目の奥さんで、僕の継母《けいぼ》でもある沙織《さおり》さんがちょうどクリスマスの日にインフルエンザで倒れてしまったため、急遽《きゅうきょ》、東京広尾《ひろお》にある実家に日参して三歳の双子ちゃんの面倒をみるというミッションが降ってきたのだ。もともと入っていたアルバイトのシフトを動かさないよう、広尾と野原町を行ったり来たりして、めまぐるしいわりに一日がやたら長く、なかなか苦しい年内最後の一週間だった。

「今度からそういう時は相談してくださいね。シフトを調整しますから」

バイト先の〈金曜堂〉店長、槇乃さんが卓上クリーナーで書棚の埃《ほこり》を吸い取りながら言う。さっきから頬がふくれていたのは、軽く腹を立てているかららしい。アルバイトと異母妹達の世話を両立させてから事後報告するなんて、僕は「水臭い」そうだ。

「無理をしたら、今度は倉井くんが倒れてしまうじゃありませんか。それこそ——〈金曜堂〉にとって大きな痛手ですよ」

「すみません」

僕は何度目かの謝罪を口にして、槇乃さんが次にクリーナーをかける棚の本をせっせと取り出していく。

「義母《はは》の体調もよくなり、妹達への感染もなさそうなので、今日と明日の夜は竈門《かまど》の自分のマンションでゆっくり寝られます」

クリーナーの音が止まる。僕が顔を上げると、槇乃さんの大きな目がまばたきを繰り返していた。ずいぶん驚いているようだ。

「え？　倉井くん、こっちで年越しするんですか？　一人で？」

「はい。病み上がりの義母にあまり気を遣わせたくないし――」

「そうですか」

槇乃さんは顎に拳《こぶし》を置いて何か考えていたが、僕が見ていることに気づき、「あ、何でもないです」とあわてて視線をそらす。ふたたびクリーナーの電源を入れて掃除をはじめると、ゆるくウェーブした髪が横顔を隠して表情がわからなくなった。

レジカウンターの後ろにあるドアが勢いよくあく。バックヤードの整理整頓をまかされていたオーナーのヤスさんが顔を覗《のぞ》かせ、手に持った小さな紙束を振り回した。

「南。これ、捨てていいのか？」

ヤスさんの方へ振り向いた槇乃さんだが、〝これ〟がよく見えなかったらしい。「ごめんなさいね」と僕に断り、クリーナーを置いてバックヤードへと向かう。槇乃さんがぐっていったレジカウンターには、〝年末年始は休まず営業致します〟と書かれた紙が貼られていた。電車の運行と営業を共にする駅ナカ書店〈金曜堂〉は、臨時ダイヤで最終電車の発着が早い金曜日の今夜——十二月三十日——の営業時間を少し短くして、申しわけ程度の大掃除をしている。いつもは喫茶スペースのバーカウンターから動かない栖川さんも、今夜ばかりは厨房《ちゅうぼう》の片付けを早々に済ませて、地下書庫の整理のために姿を消していた。

一人の女性客が書棚スペース側の自動ドアをノックしたのは、フロアに残った僕が平積《ひらづ》みの棚をすべて整え終わった時だった。

すでに最終電車が出たあとで、改札もとじたはずなのに、どうやって現れたのだろう？真冬の幽霊に見間違うには、ロングのカーリーヘアとライダースジャケットという見た目がロックすぎた。

両手を庇《ひさし》のようにして店内を覗き込んでいた女性客は、僕を見つけるとぴょんぴょん跳ねる。肩にかけた黒革のショルダーバッグがぶらぶら揺れた。ジャケットとロングタイトスカートを細身の体にぴたりとそわせた姿は、大人の女性の風格を備えているのに、その所作のせいで残念な印象になってしまっている。だからこそ放っておけなくなり、僕はすでに電源が切られ、自動ではあかなくなっている自動ドアの前まで走っていった。

「あの——」

今日はもう閉店です、と言いかけた僕の顔を指さし、女性が「うっそお」と騒ぐのがドア越しに響き渡る。たまらず、僕は腕を差し入れ、自動ドアを無理やりひらいた。

「お客様、どうかしましたか？」

「史弥《ふみや》でしょ？」

「は？」

「〝は？〟じゃなくて。あなた、史弥よね？」

「え、あ、はい。倉井史弥ですけど——僕に何か御用ですか？」

僕は及び腰のまま、モスグリーンのエプロンについた名札を持ち上げて見せる。以前に接客したお客様だろうか？　記憶の引き出しを次々とあけてみたが、覚えがまったくない。

カーリーヘアの女性客は僕の戸惑いをよそに、脇に置いてあった紙袋の中から巾着型の包みを持ち上げた。真っ赤なリボンがかかっている。

「お誕生日おめでとう！」

女性客は歌うように言うと、その包みを差し出してきた。僕は動きを止めて、女性客をまじまじと見つめる。

「——えーと」

「やーだ。そんな顔しないでよ。あたしがまだわかんない？　桃子《ももこ》よ」

「もも——こって、まさか！」

「思い出した？　まったく。ちょっと会わなかったくらいで、自分を産んだ母親の顔を忘れないでほしいものね」

肩がひとりでに上がるのがわかった。鼓動がいつもより速くて強くなる。

――〝ちょっと〟？　十六年が〝ちょっと〟だって？

叫びだしそうな口を拳でおさえ、僕は眼鏡を押し上げた。次に何を言えばいいのか、どういう行動を取ればいいのか、まるでわからない。ただやみくもに眼鏡を掴《つか》み、目の前にある包みを見つめた。〝母さん〟が楽しげに聞いてくる。

「誕生日プレゼントの中身、知りたい？」

「あの――」

「なんと！　テディベアでーす」

「――」

母さんは僕との温度差を意に介さず、「ほら、受け取ってちょうだい」と包みを無理やり押しつける。想像以上にずしりときた重みに、あわてて手の力を入れ直す僕の脇を抜け、母さんはさっさと店内に入っていった。

「あ、ちょっと。もう閉店時間を過ぎて――」

母さんは入口近くのフェア棚の前で立ち止まる。先週まで〝サンタクロースフェア〟をしていた棚は、〝思わず書き初めしたくなる名言文庫フェア〟へと一新していた。飾り付けは、ミニサイズの鏡餅《かがみもち》だ。

「あら。『デミアン』が入ってる。『夕べの雲』も。庄野潤三《しょうのじゅんぞう》の文章だったら、美しい書き初めになりそうねえ。『大事なことほど小声でささやく』は読んだことないな。どんな話？」

くるりと振り向き、母さんは首をかしげた。

営業時間中にお客様にされたら嬉《うれ》しく、喜んで答えたくなる質問も、状況と相手によってはこんなにも忌々《いまいま》しく響くものかと、僕は驚く。その驚きはすぐ苛立《いらだ》ちに塗り込められ、かたい声が出た。

「知りません。そんなことより、何しに来たんですか？　一体どうやって——」

僕の居場所を知ったわけ？　とつづけようとした言葉は、いつのまにかバックヤードから戻ってきていたらしい、槇乃さんのまるい声に潰《つぶ》される。

「いらっしゃいませ。『大事なことほど小声でささやく』は、個性豊かなママが切り盛りしている地下のスナックと、そこに集まるお客様達を描いた連作短篇となっております」

アーハンと母さんは英語の相槌《あいづち》を自然に打つと、槇乃さんの前に進み、右手を差し出した。

「はじめまして。史弥の母親の桃子です。史弥はアルバイトがんばってますか？」

槇乃さんはかすかに目を丸くしたが、すぐ微笑《ほほえ》み、握手に応じる。

「ええ、とても。はじめまして。店長の南槇乃です。〈金曜堂〉へようこそーっ」

「いや、南店長、〝ようこそ〟じゃないですよ。もうとっくに閉店時間を過ぎてる。今は大掃除の時間で――」

抗議する僕を、槇乃さんと母さんの視線が貫く。母さんはカーリーヘアの中に手を突っ込んで頭を掻《か》いた。

「意地悪ねえ。こういうのを反抗期って言うのかしら?」

親であることを誇示するものの、ピントが著しくずれている言葉にいちいち腹が立ち、僕は拳を握ってうつむく。槇乃さんはあたたかい微笑みを崩さないまま、母さんに尋ねた。

「今日は倉井くんに会いに、わざわざいらしてくださったんですか?」

「そう。アメリカから飛んできたのよ。誕生日プレゼントを渡そうと思って」

僕が持つ巾着型の包みに槇乃さんの視線が注がれると、母さんはまた「テディベアなの」と中身をばらした。

「すごい。見せてもらっていいですか、倉井くん?」

「え――いや、これは」

「何もったいつけてんのよ。とっととあけて見なさいよ、史弥。すっごくかわいいんだから」

十六年もの不在を〝ちょっと〟で片付けるだけあって、母さんの口調は軽い。あまりにも軽かった。それは昨日も今日も明日もずっと一つ屋根の下で暮らしていく家族だけが持ってしかるべき軽さだと、僕は思う。

突き返すつもりでいたプレゼントの包みを僕がしぶしぶあけると、槙乃さんが歓声をあげてテディベアを抱く。〈金曜堂〉のエプロンの色と同じモスグリーンのベストを着たクマのぬいぐるみは、槙乃さんによく似合っていた。もし気に入ってくれたのなら、そのまま持ち帰ってほしいくらいに。

槙乃さんは「かわいい」と笑いながら、テディベアを抱いた腕を上下させる。

「でも重い。三キロくらいありそうですね」

「わかるー？　三〇〇六グラムよ」

「あの、ちょっといいですか」

すでに友達のノリで槙乃さんと喋《しゃべ》っている母さんに、僕は声をかけた。

「僕の誕生日を祝うために、何でわざわざバイト先に来たんです？」

「だって、史弥の住んでるところは知らないもん」

「は？」

母さんはライダースのポケットからスマホを取り出すと何度か指を滑らせ、「ヘイ」とまた英語の発音で僕を呼んだ。画面には、僕が本名でやっているSNSが表示されている。

「〝今日から〈金曜堂〉で新しいフェアが始まる。来たるべき新年にふさわしいフェアだと思う。そのフェアでは――〟」

「わー。わー。何してんの？　何で人の日記を声に出して読むんだよ？　やめて！」

槇乃さんの前で日記を読み上げられるという不測の事態に、僕はすっかり取り乱した。

しかし、母さんは悠々と全文読みきってから、ようやく息をつく。

「──とまあ、こんな感じで、史弥に至る手がかりとして〈金曜堂〉の名前と場所だけがわかったのよ」

「SNSって怖《こえ》ぇなあ」

突如、大きな声で割り込んできたのはヤスさんだ。その後ろに、栖川さんまですらりとした立ち姿を覗かせていた。〈金曜堂〉書店員、全員集合。

「最悪だ」とつぶやくと、ヤスさんに奥目を剝《む》かれる。

「ぬぁーにが最悪だあ？　個人情報を迂闊《うかつ》にさらした坊っちゃんバイトが悪いんだろうが」

「僕はただ、〈金曜堂〉に少しでも興味を持ってもらえたらと思って──」

「倉井くん、ありがとう」と槇乃さんがすかさずフォローしてくれた。そして、そのまま母さんに笑いかける。

「桃子さん、ってお呼びしても？」

「構わないわ」

「ありがとうございます。では桃子さん、遠いところをわざわざお疲れさまでした。私達もちょうど大掃除の作業が一段落したところなんです。せっかくですから、みんなでコーヒーでものみませんか？」

槙乃さんのやさしい誘いに、しかし母さんはあっさり首を横に振った。

「ごめん。あたし、コーヒーのめない。苦いのはちょっと無理」

「じゃ、カフェオレ」

すかさず代替案を出してくれた栖川さんの美声に、母さんはうっとりしてうなずく。

「オーケー。それならだいじょうぶ。いただきます」

こうして、僕と母さんとの十六年ぶりの対話は、〈金曜堂〉のみんなに見守られることになった。


カフェオレのミルクのまろみが、ともすれば固くなりがちな僕と母さん——まあ、もっぱら僕なんだけど——の空気をやわらげてくれる。

三口ほどのんでから、僕はバーカウンターで隣り合わせに座った母さんに向き直った。

「父さんのことは知ってる？」

「倉井さん？　ううん。どうかしたの？」

僕は言葉に詰まる。父さんを苗字《みょうじ》で呼ぶ母さんの声色は、他人のにおいが強すぎた。

「今、病院に入ってるんだ」

「病気？　怪我《けが》？　だいぶ悪いの？」

　母さんはまっすぐ前を見たまま、ストレートに聞いてくる。その横顔はボリュームのあるカーリーヘアでほとんど隠され、表情の変化がわからない。

「病気。病状は――いいとは言えない。本人を含めた家族全員が快復を信じてるし、祈ってるけれど」

　僕がめったに使わない「家族」という言葉を用いたのは、父さんの三番目の妻である沙織さんや、彼女が産んだ双子ちゃんの固有名詞を出したくなかったからだ。けれど母さんの次の言葉で、今の奥さんや新しい子供の存在を知ったら、母さんの心が乱れるのではないかと一瞬でも考えた自分の甘い感傷を、猛烈に後悔した。

「そう。よくなるといいわね。お大事に」

　母さんはあっさりそう言うと、幅広のマグカップに入ったカフェオレをのんだ。冷たくはない。うわべの言葉でもない。ただ、遠かった。まるで友達の親戚に起こった不幸に対してかける言葉のようだ。「この世界から父さんが消えてしまうかもしれないんだ」と叫びたい気持ちをどうにかこらえ、僕もカフェオレをのむ。さっきまでのミルクのまろみが消えて、コーヒーの苦みが増した気がした。

　すぐに次の言葉が浮かばない僕に代わって、槙乃さんが話をつないでくれる。

「アメリカから来たとおっしゃっていましたが、向こうに住んでいらっしゃるんですか？」

「ええ。もう長いわ。干支《えと》が一回りしたかな」

カウンターの中に立つ栖川さんの青い瞳が、僕に向く。（知りませんでした）という意味を込めて、僕は首を横に振った。母さんは楽しげに語りだす。

「仕事も探して、生活基盤ごと向こうへ移したの。今の仕事はねえ、日系の自動車メーカーの問い合わせ窓口。アメリカ人の顧客が英語で入れてきたクレームを、メーカー担当者の日本人に日本語で伝えるの。ちょっとマイルドな言い回しに変えたりしてね」

「英語ぺらぺらなのか？」

質問をくれたヤスさんの方にわざわざ向き直って、母さんはうなずいた。

「まあ、日常会話と通り一遍のビジネス会話くらいなら」

「すげーな」

「いえいえ。特別に勉強したわけじゃないから。帰国子女という境遇による恩恵よ」

「え。母さんって帰国子女なの？」

初耳の事実ばかりで、思わず声が出る。父さんは知っていたかもしれないが、わざわざ僕に話す機会もなかったのだろう。母さんはまた僕の方を向いて、懐かしそうに目を細める。

「そうよぉ。六歳から十二歳までアメリカで暮らしてたんだ。シカゴの赤い屋根のお家《うち》。おいしいドーナツショップが近所にあってねえ。三十五で一人アメリカに渡ることにした時、あの店のドーナツが食べたくて、シカゴにもう一度住もうって決めたくらいよ」

その口ぶりには、父さんの話題を出した時には見当たらなかった感情の揺れがあった。

「じゃあ、今はドーナツ三昧《ざんまい》で？」

槙乃さんの問いに、母さんは肩をすくめてみせる。

「それがねえ、いざ記憶を辿《たど》って行ってみたら、お店が潰れちゃってたの。月日って残酷。うまくいかないわ」

場が静まり、何となく間ができる。母さんはその間を埋めるように、明るい声をあげた。

「でもまぶしい月日もある。まさか自分の息子が、二十歳になる日が来るなんてねえ」

僕以外の書店員達が顔を見合わせたことには気づかず、母さんはつづける。

「日本の成人って二十歳でしょ、今でも？　いい節目だから、顔を見ておこうかと思って」

「二十一」

たまらず口を挟むと、母さんはきょとんと僕を見た。

「にじゅういち？」

「今年の誕生日、僕は二十一歳になるんだよ」

「あら、やだ」

〝やだ〟はこっちだ。僕は眼鏡をおさえ、感情の高ぶりがおさまるまでゆっくり数をかぞえた。十一までいったところで、どうにか持ち直す。息を深く吐きながら聞いた。

「それだけじゃないんでしょ？」

「え――何が？」

「僕の前に現れた本当の理由、教えてください」

僕はもう目をそらさない。母さんの目の中の光がどこへ向かっているのか、しっかり見つめてみる。

十六年ぶりで対面している母さんは、一口で言うと、若かった。本来流れてしかるべき月日にポーズボタンが押されたように、年齢を重ねた者の持つ澱《おり》や歪《ひず》みがまるで見当たらず、つるんとしている。そりゃ十六年前と厳密に比較すればきっと、シワの増加や肌つやの衰えや体形の変化くらいあるのだろうけど、印象は総じて若々しく、母親という言葉から連想される安定性や親和性を欠いており、僕を落ち着かなくさせた。

そんな僕の前で、母さんもまたそわそわと目を泳がせる。カフェオレのマグカップを何度も持ち直した。

「し、失礼ねえ。本当に史弥の誕生日を祝おうと思って来たのよ。一歳くらい間違ったからって、あたしの祝いたい気持ちを否定しないでよ」

「一、い、一歳くらい、ね――」

「まあ、強《し》いて？　あえて？　来日の目的をもう一つあげるなら、史弥についてきてもらいたいところはあるんだけどね」

「あるんじゃねーか」

ヤスさんが鼻を鳴らし、槙乃さんにたしなめられる。僕は母さんから視線をはずさずに尋ねた。

「どこ？」

母さんは東京駅近くの大きなホテルの名前を告げる。

「そこのラウンジ。ホタリさんに呼び出されてるから、いっしょに来てほしいなあって」

「ホタリさん？　どうしてホタリさんが母さんを？」

意外すぎる名前が飛び出して、僕は母さんに抱く様々な感情をいったん忘れるくらい驚いた。

ホタリさんの本名は、帆足信之《ほあしのぶゆき》さん。父さんの大学時代からの親友で、帆足をホタリと誤読し、そのままあだ名にしたのも父さんだと聞いている。父さんの正式な病名を知る数少ない人物の一人だ。母さんが「ホタリさん」と呼ぶのは、まだ夫婦であった頃、父さんに倣《なら》ったのだろう。別れた父さんの呼び名は「綜太郎《そうたろう》さん」から「倉井さん」に変わっても、「ホタリさん」は「ホタリさん」のまま残ったのだ。

答えを待つ僕と書店員のみんなを見回し、母さんはすっと目を伏せた。

「来ればわかるわよ。明日の大晦日《おおみそか》の午後三時。来てくれるの？　くれないの？」

「その時間はバイトが――」

「だいじょうぶですよ」

　僕の声を遮って、槇乃さんが代わりに答える。そのあと僕に向かって、「シフトは調整できますから」とうなずいた。ヤスさんと栖川さんも同じようにうなずく。

　僕は槇乃さんがカウンターの隅に座らせたテディベアのモスグリーンのベストと母さんのライダースジャケットを見比べ、少し冷めたカフェオレをのみほした。

「わかった。行くよ」

「そっ？　ありがとう。遅れないでね。じゃ、今夜はもう帰るわ」

　母さんは世にも軽い感謝を表して、席を立つ。

「電車、もうないけど」

「タクシーで来たから、だいじょうぶ。駅長さんに無理言って、改札通してもらったんだ。史弥からもお礼言っといて」

　母さんは黒革のショルダーバッグを担いで自動ドアに向かいかけ、ふと立ち止まる。

「そうだ。せっかく日本の本屋さんに来たんだから――本を買っていこうかな」

「毎度ありがとうございます」

　レジをとっくに締めたことなどおくびにも出さず、槇乃さんは笑って頭を下げる。アルバイトの肉親だからって特別扱いしているわけじゃない。南槇乃という店長は、いつだってお客様みんなにこういう調子なのだ。だから僕は余計申しわけなく思った。

「何てタイトルの本？　――あ、僕が探しますから。南店長は座っていてください」

まず母さんに問いかけてから、後半は槇乃さんに向かって声をやわらげる。母さんはショルダーバッグの中から、ぼろぼろの文庫本を二冊取り出した。新潮文庫から出ている北《きた》村薫《むらかおる》の『ターン』と『リセット』という小説だった。いずれも不思議な塔と人が描かれた絵が表紙になっている。

「これと同じ本、お願い」

僕が怪訝《けげん》そうな顔をしたからだろう。母さんは面倒くさそうに説明してくれた。

「あたしは一日の終わりに、この二冊のどちらかを少しだけ読むことにしてるの。ええ、毎晩よ。もう何百回読んだかわからない。だから本もすぐに傷んでしまって――せっかくだから、日本の本屋さんで買い換えて帰るわ」

僕は「わかった」とうなずき、カ行の書棚に向かいながら尋ねる。

「その二冊は表紙の雰囲気が似てるけど、シリーズ物か何か？」

母さんの返事はなく、代わりに槇乃さんが答えてくれた。

「そうですね。場所も時代も登場人物もリンクはしていませんが、いずれも〝時と人〟をテーマに書かれているという共通項があるので、シリーズと呼んでいいと思います」

「なるほど」

狭い駅ナカ書店の限られた書棚ではあったが、北村薫の著作はたくさん置かれており、その中にちゃんと『ターン』と『リセット』も並んでいた。母さんのリクエスト通り二冊を取り出しかけ、その横にあった一冊に目をとめる。二冊を左手に持ち替え、右手でその一冊を抜き出してみると、タイトルから予想した通り、『ターン』と『リセット』と同じく不思議な塔と人の表紙が覗いた。僕は振り返って声をあげる。

「南店長、このシリーズって三冊あるんじゃないですか？」

「そうです。『スキップ』、『ターン』、『リセット』、時と人三部作と呼ばれています」

槙乃さんの返事を聞いて、僕は三冊の文庫本を抱えたまま戻った。

母さんは僕が『スキップ』まで持ってきたのを目ざとく見つけ、眉をひそめる。

「『スキップ』はいらないわ」

「何で？」

「綺麗《きれい》なまま、家にあるからよ」

「『スキップ』は読み返してないってこと？」

母さんは唇をへの字にして『ターン』と『リセット』だけ僕の手から抜き取ると、後ずさった。

「ここ十年くらい手に取ってないかなあ。『スキップ』の主人公は、あんまり好きになれなくて――だから読み返さない」

目の前でシャッターをしめるような、きっぱりした拒絶を示され、僕は立ち尽くす。母さんに選ばれず、取り残された『スキップ』に目を落とせば、尋ねずにはおれない。

「母さん——何で広尾の家を出たんですか？」

僕の質問を唐突に感じたのだろう。母さんは目を丸くした。

「何でって——それは、まあ、いろいろありまして——」

「何で僕を残して家を出たんですか？」

ずっと——この十六年ずっと——聞きたくて、でも誰にも聞けなかった質問をぶつけると、母さんは口をとざし、真顔になった。

「——今夜は帰るわ」

「母さん」

呼びかけに答えることなく、母さんはライダースのポケットから剝き出しの千円札を二枚取り出し、僕の手に無理やり握らせる。

「これ、本のお金。お釣りはいらない。じゃ史弥、明日お願いね」

「母さんっ」

自動ドアを力まかせに押しあけ、母さんは出ていってしまった。背中が遠ざかる。僕は既視感を覚えて、目をつぶった。

母さんのことを思い出そうとすると、真っ先に浮かんでくるのは、いつもあの背中だ。

大きくも広くもないのに、そそり立っているように感じる、固い背中の記憶。幼い僕はその背中にどうしても触れられなかった。近づくことすらできなかった。そんなことをすれば、たちまち一番聞きたくない言葉が降ってくる気がして、怖くて仕方なかった。だから、僕はただ見つめていたのだと思う。「行かないで」も「振り向いて」も言えないまま。

そして今日もまた僕は、母さんの背中を見送ることしかできなかった。

「倉井くん、だいじょうぶですか？」

どれくらい立ち尽くしていたのだろう。槇乃さんがそばまで来て、そっと尋ねてくれる。僕はすみませんと頭を下げ、バーカウンターの方へ体の向きを変えた。

ヤスさんがひらいた文庫本から目を上げないまま、けけけと笑う。

「お互い、親には苦労かけられるよなあ。〝子の心親知《し》らず〟ってやつだ」

野原町を代々牛耳ってきて、地元の人達から恐れ疎《うと》まれることも多い和久興業四代目からの、冗談めかした慰めの言葉に、「まったくです」と僕はやっと笑顔を作れた。

母さんの残していった二千円と『スキップ』の文庫本を両手に持って、のろのろとスツールに座る。栖川さんが待ち構えていたように、カフェオレのおかわりを出してくれた。あたたかい湯気に強《こわ》ばっていた体がほぐれていく。

槇乃さんが「戻してきましょうね」と手に取りかけた『スキップ』を、僕はとっさにおさえた。

「倉井くん？」

「あ、すみません。この本、僕が買います。僕が読みます。読みたいんです」

母さんに拒絶された主人公と物語を、僕は何が何でも受け入れてやる。

＊

年内にもう一度東京に来ることになろうとは、夢にも思わなかった。

大和北《やまときた》旅客鉄道の城京《じようきよう》本線を東京駅でおりて、僕は大きく伸びをする。足元がふわふわとおぼつかない。昨日、自宅に戻ってから眠りに落ちるぎりぎりまでと、野原駅から東京駅まで電車に乗っている二時間半を、すべて使って読み終えた分厚い文庫本『スキップ』の物語の余韻が、体の内側から僕をおおいに揺らしていた。母さんへの反抗心から読みはじめた本だけど、すぐにそんなこと関係なく夢中になれた。ふだんたしかに感じていても、自分ではどう表していいかわからない、または表す術《すべ》のない、景色や心の内を丁寧に描きだす文章の美しさに感動し、思わず何箇所も付箋《ふせん》をつけてしまったほどだ。日本語に触れる機会が極端に少なくなるアメリカという国で、毎晩この作家の本をひろげて眠りにつく母さんの気持ちが、少しだけわかるような気がした。

読後の心地よさにもう少し浸っていたいところだが、約束の時間の午後三時が迫っている。僕は付箋だらけの文庫本をデイパックのポケットに差して、歩きだした。

大きなビルがいくつも建ち並ぶ通りを抜けて、東京駅から大手町《おおてまち》方面へと歩を進める。少し前に槇乃さんにおすすめされて『家康、江戸を建てる』を読んでいたものだから、つい皇居方面が気になってしまう。あの辺りには、先人達の思惑や知恵や意地が入り乱れて整えられた江戸城の石垣が残っているという。今度、時間のある時にぜひ見てみたい——なんて思っているうちに、いつのまにか『スキップ』の波は引き、江戸城への興味も四散し、低い雲のように垂れこめた現実に気が重くなってきた。スマホに表示したナビアプリをいやいや目で追う。

ナビが「ここだ」と示したビルには、銀行のロゴマークが入っていた。僕は首をひねりながらも、とりあえずエレベーターを探す。シンプルの極みなのか質素なのかわからないエレベーターに乗り込むと、やたらボタンが多く、ずいぶん上の階まであった。おそるおそる高層階へ上がってみる。静かにひらいたエレベーターの扉の向こうに、母さんの指定したホテルの奥ゆかしい看板とロビーが忽然《こつぜん》と現れた。景色も空気の濃さも匂いもすべて、ついさっきまで歩いていた東京とは違う。まさに別世界だった。

ホテルのラウンジと聞いて、デニムとスニーカーはやめておいたのだけど、大正解だ。ただ、ここまで非現実的な高級感のあるホテルだとわかっていれば、タートルネックセーターの上にジャケットを着てきたのにと後悔する。僕が必要以上に周りの目を気にしていると、すかさずにこやかなホテルマンが近づいてきて、目的を滑らかに聞き出し、さっきとは造りの違うゴージャスなエレベーターに乗せて最上階まで連れていってくれた。

　床から天井まで大きな窓ガラスがはまったラウンジは、ミニチュアのような東京の街を眼下に従え、時間がゆったりと流れている。ソファ席の配置も混み具合にも余裕があり、客達はめいめいプライバシーを保って食事や休憩や談笑を楽しんでいた。スペースの中央には一段低くなった畳敷きのフロアがある。そこで着物姿の女性が演奏している琴の音が、ラウンジ全体のＢＧＭになっていた。外国からのお客様も多いホテルだから、きっと喜ばれることだろう。

　さっきのホテルマン同様、こちらのラウンジの従業員も僕に緊張を抱かせない雰囲気を作って、きめ細かな接客をしてくれた。たとえば、名乗ることも目的を告げることもしないうちから、「お連れ様がお待ちです」とにこやかに告げてくれるなど。

　半信半疑のままウェイトレスについていくと、果たしてそこにはちゃんと、ホタリさんこと〈盧生社《ろせいしゃ》〉という大きな出版社の取締役である帆足社長がいた。仕立ての良さがよく伝わってくるスーツに、鮮やかなオレンジのネクタイを締めている。そのネクタイの結び目を摑んで少しゆるめながら、帆足社長は軽く手を上げた。

「よぉ、史弥くん。久しぶりだね。こんなところで会うとは思わなかったよ」

　その顔にはほんの少し困惑した様子が見て取れた。どうやら僕を同席させるのは、母さんの一方的な意志らしい。僕は気まずくなり、あわてて頭を下げた。ずれた眼鏡を押し上げながら言う。

「お久しぶりです。あ、でも実は、十一月にあった本の展示会で、帆足社長のパネルディスカッションを拝聴させていただきました」

「ああ、そうだったね。〈知海書房《ちかいしょぼう》〉の二茅《にがや》さんや綜太郎から聞いてたんだった。俺も年かな。聞いた話をすぐ忘れる。それも、興味のある話ほど忘れてしまうんだから、始末が悪い。ごめんよ――まあ、掛けてくれ。さあさあ」

すすめられるまま僕がソファに座ろうとすると、帆足社長は「あと一つお願いがあるんだが」と目張りを入れたような目をぎろりと剝く。大学時代、付き合っていた彼女に「顔がうるさくて」フラれたという伝説を持つ男の睨《にら》みは、くどいほど濃くて迫力があった。

僕は腰を伸ばし、また直立姿勢になって聞く。

「な、何です？」

「〝帆足社長〟なんて、やめてくれ。ウチの社員でもないのに」

帆足社長はにやりと笑って、「小さい時みたいに、〝ホタリのおじさん〟でいいよ」と付け足した。

「いや――〝おじさん〟はさすがに――じゃあ、〝ホタリさん〟で」

「何だよう。知らない間にすっかり青年になっちまったなあ」

僕に父さんの面影を見つけるのか、帆足社長の口調は、秋のパネルディスカッションで聞いた分別のある大人のそれと違い、学生のような気安さに満ちていた。

「大学――何年になったんだっけ？」

「三年です」

「ほぉ」という口の形を取ったまま、帆足社長はぱちぱちとまばたきをする。

「じゃあ、年明けから忙しくなるなあ」

「え？」

「就職活動。するんだろう？」

当然のように言われて、僕は嫌な汗を掻く。タートルネックを引っ張って、手で風を送った。帆足社長の追及は容赦がない。

「何？　する予定なし？〈知海書房〉一択にしたって、試験や面接は受けさせられるはずだよ。綜太郎はそういうやつだ。そういう経営者で、父親だ」

「いえ。いや。えーと、どうでしょう？」

「煮え切らんなあ」

言われてしまった。おっしゃる通りで、と僕がうなだれた時、声がかかる。

「お待たせ」

顔を上げると、さっきの僕と同じようにウェイトレスに先導され、母さんが近づいてきた。

昨日のロックなテイストとは打って変わった華やかな服装に、目を奪われる。ベロアの黒いジャケットに合わせた鮮やかなパープルのプリーツスカートは、一歩進むたび複雑な立体を作った。

「お久しぶりです、桃子さん」

帆足社長がわざわざ立ち上がり、腰を折る。その口調は、僕に対するのとは違ってビジネスライクだ。母さんは握手しようと手を出しかけ、帆足社長が腰を折ったままなのに気づくと、肩をすくめて自分も頭を下げた。そして当然のように僕の隣に腰掛ける。

「すっかりエレガントになられて——どこのマダムかと思いましたよ」

「マダムですもの」

「ははっ。そりゃそうですな。ライダースを着たロック少女との初対面から、はや四半世紀か。失礼しました」

——つい昨日、この人まだライダース着てましたけど。

僕の視線で何を言いたいかわかったようだ。母さんは帆足社長に悠然と微笑み返しながら、テーブルの下で僕の足を踏んづけた。

何も知らない帆足社長が首をかしげる。

「それで、史弥くんはどこまで知ってるんです?」

「なあんにも知らない。たぶん倉井さんからも何も聞いてないと思う、この子は」

父さんの名前まで出てきて、鼓動が激しくなった。今から一体何がはじまるんだろう？

高まる緊張を途切れさせるように現れたウェイトレスに、めいめい注文を伝える。帆足社長はコーヒーフロート、僕と母さんはカフェオレだ。そのあと、申し合わせたようにソファに座り直す。閑話休題という四字熟語が頭をよぎっていった。

帆足社長が「ではひとまず」と黒革のビジネスバッグからけっこうな厚みの紙束を取り出し、テーブルに置く。僕の視線をとらえて教えてくれた。

「桃子さんの原稿だよ。帆足信之の講評が欲しいと名指しで、会社に送られてきた」

「原稿って――母さんが自分で書いたんですか？　こんなにたくさん、何を書いたんですか？」

「長篇小説よ」

当然のごとく答える母さんの顔を、僕はまじまじと見つめてしまう。

「――母さん、小説を書く人なの？」

またもや初耳の事実だ。それもかなり衝撃的な。

僕は本を読むようになって改めてというか、つくづくというか、古今東西に存在する名作の多さにおののいている。読みたい本だらけで困っている。この上、さらに自分でも物語を書こうと思える作家達は奇特というか何というか、自分とは無縁の地平にいる人だと遠く感じていた。

その遠いはずの人が、真横にいる。

「仕事は、日系自動車メーカーの問い合わせ窓口だって――」

「小説家としてプロデビューしているわけじゃないもの。食い扶持《ぶち》は必要でしょ」

恥ずかしいのか気まずいのか、母さんは僕とは絶対に目を合わせないまま言い放った。

帆足社長が内緒話をするように、僕に顔を近づけて教えてくれる。

「桃子さんは昔から――史弥くんが生まれるずっと前から、〝書く人〟さ。綜太郎と出会ったのも、桃子さんが自分で製本した自分の小説を自分で〝売ってください〟って〈知海書房〉に持ち込んだのがきっかけでしたよね、たしか？」

「そうそう。懐かしい！　出版業界の流通の仕組みなんてわからないからさあ。とにかく、本の形にして大きな本屋さんに並べてもらえれば、みんなが買って読んでくれると思ったんだよね。あの原稿、けっこう自信作だったし」

「――母さん、その時いくつ？」

「え？　今の史弥くらいかな。大学生よ」

僕は言葉が出なかった。常識がないにもほどがある。これが小学生、せめて中学生くらいまでの子供のふるまいなら笑い話で済むけれど、大学生の大真面目《おおまじめ》な計画――と呼ぶにはあまりにも杜撰《ずさん》な他力本願なのだから。僕は正直な感想を漏らした。

「父さん、困ったでしょう」

「いや、おもしろがっていたよ」

帆足社長の言葉に、母さんは「あの人は、そういう人だから」と澄ましてうなずく。

「当時、本店の店長をしていた綜太郎は、桃子さんの小説を自分で最後まで読んでから、私に連絡を寄越《よこ》したんだ」

「倉井さんが出版の仕組みというか基本を教えてくれたあとに、〝プロに読んでもらった方がいい〟って〈盧生社〉の編集者を紹介してくれるから、あたし驚いちゃった。こんなトントン拍子でいいのかしらって」

母さんが帆足社長を見る。そういえば、帆足社長は元々〈盧生社〉に文芸編集者として入社したと、父さんがいつか話していた。僕は経営者としての帆足社長しか知らないので、すっかり忘れていたけれど。そうか。この人は原稿を読むプロフェッショナルだったんだ。

「神保町《じんぼうちょう》の古い喫茶店で会ったんだっけ？　綜太郎と三人で」

帆足社長の言葉に母さんがうなずく。十七歳の心が、四十二歳となった同一人物の心にいきなり飛んでしまう『スキップ』を、ついさっきまで読んでいたせいだろうか。突然、僕の脳裏に若かりし頃の三人の姿が浮かんだ。〈知海書房〉の一社員だった父さんと、〈盧生社〉の一編集者だった帆足社長、そして大学生だった母さん。こちらから見れば三人の道のりはまっすぐ〝今〟につづいているのだが、若い彼らはまだ知らない。自分が社長になることも、目の前の相手と結婚し、やがて別れてしまうことも。そう考えると、実に不思議な眺めだった。

コーヒーフロートとカフェオレが運ばれてきて、僕は現実に戻る。帆足社長はいそいそと細長い銀のスプーンを手に取り、コーヒーの上にのったバニラアイスを嬉しそうにすくって食べた。その様子からは、青年を飛び越えて子供時代の彼が透けて見える。

「編集者の目から見ると、桃子さんの書いた小説は正直、ストーリーにとりとめがなさすぎた。摑みも弱い。しかし、筋運びはもちろん文体も誰かの物真似《ものまね》ではなかったし、文章のいたるところに独自の感性が光っていて、はっとさせられた。これは本当の話だよ」

「〝もう少し山場を作れるよう改稿するか、新作を書き上げるかしたら、また見せてほしい〟って、ホタリさんは言ってくれた。今でも覚えてるわ」

だからって四半世紀も経《た》ってから、すでに社長になった元編集者に原稿を送りつけるだろうか。しかもその人は、自分の元夫の親友なのだ。気まずさを感じているようにはとても思えない母さんのつるんとした横顔を盗み見て、僕はため息を漏らした。

「ずいぶん待たされましたなあ」

帆足社長も含むように言葉を切ったが、母さんは臆せず胸を張る。

「ずっと書いてはいたんです。本当にずっと。でも納得いかなくて――」

「わかります。作品の仕上がらない作家はみんな、そう言う。もったいないことですな。

時は有限で、人はうつろうというのに」

おだやかな言い方ながら、帆足社長のくっきりとした二重の目は怜悧《れいり》な光を宿して、母さんの原稿を見つめていた。

母さんは帆足社長に何か言いかけようとして、言葉を探し損ねたのか、肩を落とす。小さなスプーンでカフェオレをしつこくかき混ぜだした母さんに代わり、僕が原稿を手に取った。

「それで、新作の出来はどうだったんですか？」

隣で母さんがびくりと跳ね、帆足社長は目をことさら細めて僕を見る。大きく息を吐き、ストローでコーヒーフロートを一口のんでから語りだした。

「ずっと書いていた——それは本当でしょう。桃子さんの文章は錆《さ》びていない。上手だなと思いましたよ」

「小説としてはどうなの？　そっちの感想を聞かせてください」

母さんが足を組み替え、かすれた声で頼む。帆足社長は吟味するように「小説としては」と母さんの言葉を繰り返し、唇をすぼめた。

「その前に私も桃子さんに聞きたい。あなたは、この原稿に納得がいっていますか？」

母さんがスプーンをソーサーに置く。食器の音がやけに大きく響いた。

「納得も何も——あたしはこの物語に全部込めたから。今のあたし、というか、この人生を生きるあたしには、これ以外の話もこれ以上の話も浮かばなかった」

帆足社長はストローでコーヒーフロートを吸い上げてから、「そうですか」とうなずく。

「出版社の人間として〝商品〟を見る目でこの小説を読んだところ、現在の市場に出すには耐性と普遍性に欠ける作品だと思いました」

帆足社長は、僕が持つ母さんの原稿を悲しげに見つめる。彼も願っていたんじゃないだろうか。この原稿が自分を仰天させるほどの大傑作であればいいと。

母さんは眉をひそめ、つぶやいた。

「それはつまり、今回の小説は――四半世紀前に書いた小説より劣ってるってこと？」

帆足社長は黙っている。それが答えだとわかったのだろう。母さんが身をよじる。

「ちょっと待ってよ、ホタリさん。あたしは今までの人生すべてを賭けて、この小説を――」

「桃子さん」と呼びかけて母さんの言葉を押しとどめ、帆足社長は苦しそうにコーヒーフロートを見つめた。溶け込んだバニラアイスのせいで、コーヒーが白く濁っている。

「私の講評は変わりません。作家の人生も事情も人格も価値観も、作品の評価には関係ないんです。小説そのものに誠実さがあれば、おのずと読者に届き、耐性と普遍性は生まれるものだから」

「誠実さ？　小説の誠実さ？」

帆足社長の言葉を呻《うめ》くように繰り返し、母さんはソファに深々と沈み込む。そのまま動かなくなり、表情もまったくの無になった。

帆足社長は高そうな腕時計をちらりと覗き、立ち上がる。

「申しわけない。私はこれから会食の予定があって」

「お時間を取っていただき、ありがとうございました」

僕はソファから立って頭を下げたが、母さんは座ったまま爪を嚙《か》んでいた。目線も上げようとしない。

僕は母さんのそんな大人げない態度を情けなく思いつつ、ラウンジの入口まで帆足社長を見送りについていった。

「慌ただしくてすまない。それから――言葉を選んだつもりだが、書き手としての桃子さんにはきつすぎたかもしれない。これも謝る」

「いえ、謝らないでください。母さんはプロの正直な講評が聞きたくて、わざわざホタリさんに読んでもらったんでしょうから。僕を同席させた意味は、よくわからないけど」

そう言った僕の顔を見つめ、帆足社長は頭を掻く。そして分厚い掌《てのひら》で僕の肩を摑んだ。

「史弥くん。今日、このあとも時間取れるんだろう？」

「――ええ、まあ」

「だったら、桃子さんと二人で話せ。血のつながりがどれだけ脆《もろ》く不確かなものか、君が一番知ってるはずだ。人とつながるには、対話しかないんだ」

「でも僕、今さらあの人と何を話したらいいのか――」

奥のソファ席でぼんやり天井を仰いでいる母さんを盗み見て、僕がため息をつくと、帆足社長は僕の肩から手を離し、にやりと笑った。

「心配するな。話題に困ったら、僕らにはアレがある」

「アレ?」

「俺と史弥くん、綜太郎、そして桃子さんの身近にもあるアレの話題を出せばいい」

僕はソファ席の脇に置いたままの自分のデイパックに目をとめる。ポケットから覗いたものを見つけ、「あ」と声が出た。

「本、ですか?」

帆足社長は目をぎゅっと細めて、まぶしすぎる白い歯を見せる。濃い顔が作るその表情が、正解だと伝えてくれていた。

「健闘を祈る」

帆足社長は短く言うと、コートをひらりと肩に掛け、大晦日まで詰まっている仕事の元に帰っていった。

僕が席に戻ると、母さんはむくりと体を起こし、「お腹空《なか》いた」と怒ったように言った。

「──じゃあ、店替えますか?」

「うん。焼き鳥が食べたい。ジャパーンって感じの焼き鳥」

どんな感じか今ひとつわからないが、とりあえず八重洲《やえす》方面にある路地裏の焼き鳥屋に案内した。大提灯《おおぢょうちん》とのれんが目印の小さな店で、器にもメニューにも気取りはないが、味は驚くほどだたしかだし、年末年始もあいているからありがたい──とは、前に僕をここに連れてきてくれた父さんの言葉だ。母さんには黙っておいた。

＊

母さんがあれこれ見繕った焼き鳥が大皿で運ばれてくるのを待って、僕はジョッキに入ったウーロン茶、母さんは梅サワーで喉を湿らす。乾杯はしなかった。

沈黙をあまり長引かせないよう、僕はネギマを頬ばり、デイパックから小さなビニールパックを取り出す。チャックのついたそれには、小銭が入っていた。

「忘れないうちに、お釣り渡しとくよ」

僕から手渡されたビニールパックを白熱灯の明かりに透かして、母さんは「お釣り?」と首をかしげた。

「昨日、母さんが〈金曜堂〉で買った『ターン』と『リセット』。この二冊の代金を、もらった二千円から引いたお釣りだよ」

「そんなの、いいのに」

「よくない」

自分の口から飛び出した言葉の強さに、自分で驚く。

「〝本屋は、本に書かれたお代をいただく商売〟だから」

閉店して久しい町の本屋〈江戸川《えどがわ》書店〉の元店主であり、〈知海書房〉本店店長の二茅和香子《わかこ》さんの父親でもある男性が、若き日の父さんに放ったという言葉を、僕はそのまま告げた。

母さんは「ふーん」と興味のなさそうな顔でうなずき、ショルダーバッグの中にお釣りをビニールパックごと放り込む。そしておもむろに、ベロアの黒いジャケットを脱ぎ捨てた。下のブラウスも黒で、袖口が大げさにふくらんでいる。その袖を乱暴にめくりあげ、母さんは手羽串《てばくし》を握った。

「いやー、窮屈だったね、ホテルのラウンジってやつは。前みたいに、神保町のボロい喫茶店でよかったのにさ。ホタリさん、大人ぶっちゃって」

「大人ぶるも何も――実際、二人とも十分大人だし」

僕の言葉に、母さんは頬を張られたような顔をする。口を尖《とが》らせ、スカートをつまみ上げた。

「わかってるわよ、そんなこと。だから、こんなつまんない格好をしてきたの。大人として、ちゃんとTPOをわきまえて――」

母さんは手羽串には口をつけないまま取り皿に置き、ぽつりとこぼす。

「でも結局、史弥に格好悪いところ見せちゃったけど」

「格好いいところを見せるつもりだった？」

僕が嫌味に聞こえないよう慎重に問いかけると、母さんはあっさりうなずいた。

「そりゃそうよ。久しぶりに会う息子の前で、格好つけたくない親なんている？」

母さんがどんな人なのか、ほとんど知らずに生きてきた僕だけど、昨日今日と接してみた限りで言わせてもらうと、その言葉は実に彼女らしかった。僕の苦笑いをどう受け取ったのか、母さんはバッグから取り出した原稿をいとおしそうに撫《な》でる。

「まさか、あそこまで貶《けな》されるとはね」

「貶されるって――帆足社長は母さんの望んだ通り、講評をくれたんでしょう？　大晦日まで仕事に追われる身なのに、母さんのためにわざわざ出向いて――」

「史弥の前なのよ？　もう少しあたしの面目を保ってくれたってよかったじゃない」

僕の言葉を最後まで聞かずに、母さんはぷりぷり怒ってみせた。本当は傷ついていることを知られたくない子供が駄々をこねているようで、哀れに思う。

「面目って何？」

「プライド」

嚙みつくような返事がきた。「プライド」が英語の発音だったので、一瞬聞き逃しそうになる。

「プライド」

僕はカタカナの発音で繰り返し、デイパックのポケットから『スキップ』の文庫本を取り出した。付箋が突き出た箇所を順に確認して、目当てのページを探し当てる。そして、思いきって言ってみた。

「母さんには、プライドではなく《自尊心》が必要なんじゃないかと思う」

「――《自尊心》？　その本の主人公が、高校の卒業アルバムに書こうとしていた言葉だっけ？」

母さんの意外な切り返しに僕は驚いて、食べようとしていたしじみをパンツの上に取り落とす。付いてしまったタレをおしぼりであわてて拭きながら「知ってんの？」と母さんの顔を見た。

「言ったでしょう？　『スキップ』も家にあるって。『ターン』や『リセット』ほど読み返してないだけで」

「いや、でも、読まなくなって久しいんでしょ？　よく詳しく覚えてたね」

「あたしもそうやって読んだから」と母さんは僕の文庫についた付箋を指で弾《はじ》いた。

「付箋を付けた？」

「うん。史弥よりもっとたくさん付けたね。それから、付けたところを全部ノートに書きだした。書きだした文章をもう一度読み返して、声に出してさらに読んで、味わった」

「――北村薫さんの文章、素敵だもんね」

母さんの食べるような読み方に圧倒されながら僕が相槌を打つと、母さんは何度もうなずく。

「北村さんの文章を読むたび、本来言葉にできないはずの真実が言葉になってるって感じるの。魔法みたいに、心にするりと入ってくる文章。あんな文章が書きたいって、あたし、ずっと目標にしてきたのよ」

ふいにまた、母さんの背中の記憶がよみがえってくる。僕がその記憶を掘り下げようとするのを遮るように、母さんは言った。

「たしか《顔を上げて歩きたいっていう意味》で、主人公の真理子は《自尊心》って言葉を用いるのよね」

そして「《自尊心》かあ」とつぶやきながら、置きっぱなしだった手羽串をやっと頬ばる。もぐもぐと口を動かし、僕を見た。

「史弥はありそうだねえ、《自尊心》」

「どうかな。持っていたいとは思うけど」

「《桜木真理子》みたいに、生きていきたい？」

母さんの口からすらりと主人公のフルネームが出る。作者が付記で記していた《仮に歯を食いしばろうと、失われることのない軽やかな足取り》という言葉に集約される、彼女の凛《りん》とした言動が、僕の頭にいくつもよみがえってくる。

「できれば」とうなずいた僕を、母さんは複雑な表情で見返した。

「あたしも史弥みたいに思えたら、『スキップ』が読めなくなったりしなかっただろうね」

母さんは梅サワーのジョッキをかたむけ、喉を鳴らす。僕は突然、肩を叩《たた》かれた気がした。今だ、と思う。今しかないと思う。だから、もう一度あの質問をした。

「母さん、何で僕を残して家を出たの？」

母さんは目を細めてカーリーヘアを掻き上げ、ネギマをもしゃもしゃ食べはじめる。僕は辛抱強く返事を待った。

最後の一口を梅サワーで流し込んだあと、母さんはぽつりと言う。

「小説を書きたかったから」

「――え？　理由って、それだけ？」

思わず漏れた僕の言葉に、母さんは「(ホ)ワット？」と英語発音で眉をひそめた。

「それだけよ。逆に、それ以外何があるの？　家事と育児だけで日々をじゃぶじゃぶ使い切ってしまうことに、あたしは焦ったの。このままじゃダメになると思った。このまま生きていても、私には家族しか残らない。何も書き残せないって」

「家族〝しか〟ない人生は嫌だった？」

僕はできるだけフラットに質問したつもりだけど、声が震えていたかもしれない。母さんは一瞬迷うそぶりを見せたものの、結局は大きくうなずいた。

「――うん。あたしの中では、それは生きているうちに入らない」

ぐらりと視界が揺れた。僕は何て大きな勘違いをしていたのだろう？　今までずっと、母さんが出ていった理由は、父さんにまつわることだと思い込んでいた。夫婦の、男女の、避けがたい行き違いの結果だと。子供の自分は被害者でしかないと決めつけていた。

だけど僕も――いや、むしろ僕が、母さんを追い詰めた張本人だったとは。

知らず知らずうつむいてしまっていたらしい僕の顔を、母さんが両手で頰を挟んでぐいと持ち上げる。

「聞いて、史弥。つづきがあるの」

「何？」

「いざそうやって家族から自由になってみたら、今度は何だか急に、自分の書くものがつまらなく思えた。書いても書いても納得できなくて、何のために書いているのかもわからなくなって、そこでやめときゃいいのに意地になってね、環境を一新したくてアメリカに渡って、それでも書けなくて、自分の状況や生活は何も変わっていないのに、時間はどんどん進んじゃって――『スキップ』を読むのがつらくなったのは、ちょうどその頃。『スキップ』の真理子さんの強さがまぶしすぎて、いつしか本をひらかなくなった」

僕と母さんはそれぞれのジョッキを見つめる。気をまわした店員が飲み物のメニューを持ってきてくれたが、どちらもおかわりは頼まなかった。

「結局、全部つながってるのよ」

母さんがつぶやく。そのまま口をとざそうとするので、僕が促した。

「どういうこと?」

「さっきホタリさんが言ってたでしょう?　あたしの原稿には〝小説の誠実さ〟がないって。認めたくなかったけど、ずっと認めずにきたけど、でも、本当にそうなんだろうね。ホタリさんは正しい。書いても書いても原稿がおもしろくならなかったのは、小説が誠実じゃないから。小説が誠実にならないのは、書いているあたしに《自尊心》がないから。《自尊心》を持っていない自分を直視したくなくて、『スキップ』が読めなくなった。《自尊心》の塊のような真理子さんに、コンプレックスを抱いちゃったんだ」

一気に喋りきると、母さんは一番の難所を越えた登山者のように、清々《すがすが》しくカーリーヘアを揺すった。

「史弥の言う通りよ。あたしにはちっぽけなプライドしかなかった。あの時、あたしは家族を持つことで発生する生活の煩《わずら》わしさをスキップしちゃいけなかったんだ。逃げちゃいけなかった。書きつづけたいなら尚更《なおさら》、そこに踏みとどまって向き合うべきだった。自分の家族と、自分が選んだ人生と、史弥——あなたとね。それが、時間を正しく進めて、《自尊心》を保つ唯一の方法だったって、今、やっとわかった気がする。史弥に言われて、やっと認められた」

そう言って、ずっと膝にのせたままだった原稿に目を落とす。

「小説を書きたくて選んだ生活が、小説を書けなくさせてた。バカみたいね」

母さんの肩が震える。ぽたぽたと音がした。原稿用紙を濡《ぬ》らす涙の音だろう。僕はとっさに目をそらす。おもしろくないと自分でわかっているものを書きつづけると、どんな気持ちになるのだろう？　想像がつかない。ただ、それがどういう気持ちであれ、書きつづけることだけはスキップしなかったのだ、母さんは。

母さんが顔を上げる気配がして、小さな声が聞こえてきた。

「ごめんなさい。本当にごめん。今さらだけど——赦《ゆる》してくれる、史弥？」

「わからない」と僕は正直に答える。母さんの顔を見ないまま、場をつなぎたくて手に取った皮串がなかなかのみ下せず、四苦八苦してようやくつづけた。

「赦すも赦さないも、僕は母さんのことをよく知らないから」

《手を伸ばすには、二十五年はあまりに遠い》。十七歳から四十二歳までの記憶も思い出も持たない『スキップ』の真理子さんは、そう感じた。僕もまったく同じ気持ちだ。四歳から二十歳までの十六年ではあるけれど、熱を出した時も、学校で嫌なことがあって帰ってきた時も、ごはんを食べたり風呂に入ったりする何気ない日常の一瞬すらも、母さんのことは微塵《みじん》も思い出さずにやって来た。そのうち本当に顔も忘れて、父さんの新しい奥さんが来るたび、〝母さん〟を上書きした。それが、僕が生きていく唯一の手段だったから。

だけど、コーヒーも人生も苦いのは嫌だと恥ずかしげもなく言ってのけ、大人にも何にもなりきれないまま、人生の折り返しをとうに過ぎてしまった母さんを、このまま放って帰ることは、僕にはどうしてもできなかった。

「すみません。大根サラダ、出し忘れておりました」

突然、ガラスの器に盛られたサラダを持つ手がにゅっと割って入る。僕は注文したことすら忘れていた大根サラダを、大皿に残った焼き鳥といっしょに黙々とたいらげた。さらに残り少なくなっていたウーロン茶のジョッキも空にして、母さんの方を向く。

食べながら理性と感情をうまく整理することは不可能だったけれど、それでもどうにか懸命に導き出した答えを告げる。

「アメリカに帰ったら、また書きなよ、母さん」

自分のジョッキを覗き込んでいた母さんは、きょとんとした顔で目を上げた。

「それ、本気で言ってる？」

「言ってるよ」

「あたしに書けると思う？」

「知らない。でも、書きなよ」

「だってもう——万が一書けたとしても、ホタリさんにはとても——」

「僕が読む」

「史弥が？　読んでくれるの？」

目を丸くしたまま口をすぼめる母さんの顔が、やっと年相応に見えた。僕はうなずく。

「あ、言っとくけど。読んだからって、僕は帆足社長みたいに立派な講評はできないよ。母さんを赦す赦さないも、よくわからないままだと思う。ただ、読んでみたいんだ、今日を経た母さんの書く話が」

母さんはしばらく動かなかったが、新しく入ってきた客に向かって店員のかけた「いらっしゃいませ」に反応して背を伸ばし、おもむろにジョッキをかたむける。喉を鳴らして梅サワーをのみほした。口を拭い、アーハンと英語の発音でうなずく。

「じゃ、小説を書き上げたら、また日本に来るわ。史弥に会って、原稿を手渡す。いいよね？」

「——や、わざわざ持参しなくても、データをメール添付してくれるだけで読めるけど」

「やあねえ。大事な原稿よ。直接渡さなくちゃ。だから——また会ってよね。顔を見て、おしゃべりして、ごはんを食べるくらい、付き合ってね」

声を震わせてそう言ったあと、母さんは僕に一つ、頼み事をしてきた。

＊

母さんと別れて東京駅の改札をくぐった時はまだ夜のとば口だったはずなのに、電車を乗り継ぎ、野原駅に着いた頃にはすっかり更けていた。

帰りの車内では本を読まなかった。読めなかったと言った方が正しい。緊張から解き放たれた僕は、ぐっすり眠りこけてしまったのだ。自宅最寄りの竈門駅での停車に気づかず、次の野原駅でたまたまホームに降りていた駅長が窓を叩いてくれなければ、そのまま眠りつづけ、下りの終点まで行ってしまったに違いない。

「上りの最終はもう出ちゃったけど、どうする？」

心配そうに聞いてくれる駅長に「始発が来るまで、〈金曜堂〉で待ちます」と答え、僕はからっ風の吹きすさぶホームから跨線橋《こせんきょう》に上がった。

期待通り、〈金曜堂〉のガラス張りになった自動ドアからは明かりが漏れている。営業時間が終わっても、店にはまだ誰か残っているようだ。

電源の切れた自動ドアの前に立って、中を覗き込む。すぐに走り寄ってくる人影があった。槙乃さんだ。

体をねじ込むようにして自動ドアをひらくと、僕を見上げてにっこり笑う。

「おかえりなさい」

槙乃さんはそう言って迎えてくれた。どうして僕が竈門のマンションに戻らず今ここに立っているのかなんて、一言も尋ねなかった。そのやわらかな思いやりに、今日ずっと我慢していた気持ちが溢《あふ》れてくる。

「ただいま、です」

僕は洟《はな》をすすって、眼鏡をおさえた。

「母と——話してきました。明日、アメリカに帰るそうです」

「おつかれさま。桃子さんのご用事は終わったんですか」

何も知らないはずなのに、すべて知っているような瞳をして、槙乃さんは聞く。僕は「そのはずです」とうなずき、あらためて店内を見渡した。

「ヤスさんと栖川さんは？」

「帰りました」

「じゃ、南店長一人で残業を？」

「え」と言葉をのみ、槙乃さんの頬がみるみる染まっていく。モスグリーンのエプロンのポケットから一冊の文庫本を取り出した。

「もうとっくに仕事は納めました。これを読んでいたら、やめられなくなって」

不思議な塔と人が描かれた表紙が覗いている。槇乃さんも『スキップ』を読んでいたのだ。文庫本には付箋がいっぱい貼り付けてあった。

槇乃さんは喫茶スペースに移動しながら、僕を振り返る。

「さっき、ちょうど読み終わったところです。倉井くんは？」

「僕も行きの電車で読み終わりました。で、その『スキップ』を母に貸しました」

それが、母さんの頼み事だった。

――史弥が読んだ『スキップ』を、付箋はそのままで貸してくれないかな？　もう一度読み返してみるから、と母さんは言った。僕の読書の跡をなぞりながら読んでみたいと。

カウンタースツールに腰掛けた槇乃さんは、ぱちぱちと音がしそうなまばたきを繰り返して僕の話を聞き、両手を合わせた。

「よかったですね」

「よかった――んですかね？」

槇乃さんの隣のスツールに座りながら、僕は首をひねる。

槇乃さんが次の言葉を待っていることに気づき、僕は無理やり笑顔を作った。

「まあ、でも、母の顔がインプットできたのはよかったです。昨日再会するまで、僕は母の背中しか覚えてなかったから」

「背中、ですか？」

「はい。母が家を出ていく時の背中かなって――」

槇乃さんが痛ましそうに眉を下げる。僕はあわてて首を横に振った。

「って、ずっと思ってたんですけど――いや、たしかに出ていく背中も見ていたかもしれないんだけど――僕の記憶に残っていたのは、机に向かって小説を書いている母の背中じゃないかなって。今日、母から長く小説を書きつづけているとはじめて聞いて、何となくそう思いました。ひょっとしたら僕の妄想？　幻想？　そんなものかもしれないけど」

「いいえ。倉井くんはきっと本当に見ていたんですよ。必死に小説を書いている桃子さんの背中を」

槇乃さんは、僕のあやふやな記憶を力強く肯定し、信じてくれる。そして、『スキップ』の文庫本をひらいて言った。

「この中の、《島原さん》と《多賀井君》のエピソードを覚えてますか？」

「はい。同じ中学の出身で、現在、高校でも同級生の二人ですよね。中学でいわゆるスクールカーストの最上位にいたような《多賀井君》が高校ではままならず、くすんでいる。少しひねて、拗《す》ねて、歪《ゆが》んでしまっている。そんな彼のために、《島原さん》が奮起するんだ」

「担任の桜木真理子先生に励まされてね。この時の真理子さんの言葉、とても素敵だと思いませんか？

《島原さんの胸の中の箱に、格好よかった多賀井君が入っているんなら、それは捨てないようにしたら。そうしたら、もしかして機会があった時、多賀井君に、それを見せてあげられるんじゃない》ってやつ」

受け持ちの生徒であり、心の中ではほとんど同年代の女の子に向けて放った、主人公のやさしい台詞《せりふ》だ。強くなければ持てない種類のやさしさを、『スキップ』の主人公は持っていた。そして、僕にその言葉を読み上げてくれた槇乃さんも、同じ類《たぐい》のやさしさを持っているのだろう。

「――ありがとうございます。僕も捨てないでおきます、必死に小説を書いている母の背中を。格好いい母を」

僕が嚙みしめるように言うと、槇乃さんは微笑み、エプロンのポケットから小さなメモ用紙を取り出した。

「テディベアのベストのポケットに入っていました」

カウンターに置かれたメモ用紙には、派手な色のカラーペンで、〝Happy Birthday Fumiya!〟と書かれている。

「でも僕の誕生日は――」

言葉を遮るように、槇乃さんはスツールから立ち上がる。カウンターの隅まで行くと、昨日からそこに置かれたままのテディベアを抱き上げた。

「倉井くん、生まれた時の体重ってわかります？」

「いいえ、わかりませんけど」

「三〇〇六グラムのはずです」

テディベアを抱いて僕の方に歩み寄りながら、槇乃さんは自信たっぷりに言いきる。

「どうして、槇乃さんが？」

「覚えてませんか？　昨日、私がこのテディベアの体重を尋ねたら、桃子さんが〝三〇〇六グラム〟だってきっぱり教えてくれました。何だか半端な数字だなあって、私ずっと不思議で、家に帰ってから少し調べてみたんですよ。そしたら、子供が生まれた時の体重で作れるテディベアがあるらしく――」

僕は槇乃さんの抱いたテディベアと、目の前のバースデーカードならぬバースデーメモを交互に見つめた。

「母は――僕の年齢だけでなく、誕生日まで間違っていたんです。本当の誕生日は昨日じゃなくて」

声が震えて途切れる。槇乃さんがやさしく継いでくれた。

「でも、出生時の体重は忘れることがなかったようですね」

「――一体何なんだ、あの人？　子供が本当に覚えていてほしいこと、してほしいことなんて、何ひとつわかっちゃいないのに。まったく、変な母親ですよ、本当に」

憤慨したつもりだったのに、いつのまにか笑ってしまう。槇乃さんはそんな僕に一歩近づくと、幼い子供を慈しむようにそっと頭を撫でてくれた。

「《昨日という日があったらしい。明日という日があるらしい。だが、わたしには今がある。》」

槇乃さんが口にしたのは、『スキップ』の印象的な結びの言葉だ。その美しい文章は、槇乃さんの声が添えられることでますます名台詞となって、心にすこんと入ってきた。槇乃さんの手が僕の頭から離れる。僕は顔を上げ、槇乃さんをまっすぐ見つめた。槇乃さんと彼女が抱いたテディベアの目が、僕を映している。その四つの瞳の中に、僕は子供の自分を見つける。子供の僕は、思う存分泣いたあとの、すっきり晴れやかな顔をしていた。

槇乃さんはにっこり笑って、僕に親指を突き出す。しゃんと伸びたその背中がまぶしい。僕も同じように背筋を伸ばす。少し迷ってから、親指を突き出してみる。

空気を静かに震わす鐘の音《ね》が聞こえてきた。

僕は自動ドアの方に耳を向ける。

「――除夜の鐘ですか？」

「ええ。竜仙寺《りゅうせんじ》の鐘です。知りません？　野原高校への山道の途中にあるお寺」

「あ、知ってます。この間、配達の時に通りかかって――でも、誰もいませんでした」

「ふだんはひっそりとした小さなお寺だけど、大晦日からお正月にかけて野原町の人達で溢れかえるんですよ」

槇乃さんはそわそわと腕時計を見ると、言葉を切ってうつむいた。

「年が明けちゃう前に、倉井くんに言っておくことがあります」

「え？」

僕が身構える前に、槇乃さんはきりりと眉を上げて、誕生日を祝う歌をアカペラで歌いだす。途中、僕を指さすというフリまで付けてきっちり歌いきると、小さく拍手した。

「二十一歳のお誕生日、おめでとうございます」

拍手の音が吸い込まれてしんとした店内に、低い音が響いてきた。しばらくしてそれが自分の心臓の音だと気づき、僕は「どうして」とうわずった声をあげる。

「僕の誕生日が十二月三十一日だって、どうして南店長が知ってるんですか？」

「あ、それは――以前に履歴書で拝見して――」

「覚えていてくれたんですか」

僕はカウンタースツールごと槇乃さんの方に向き直って、膝を詰める。槇乃さんはおっとり首をかしげたまま、「はい」とうなずいた。そして、申しわけなさそうに眉を寄せる。

「あいにく今夜は、プレゼントを持ち合わせていないのですが」

「いいんです、プレゼントなんて、全然、もう、はい」

首を横に振ろうとして、ふと耳を澄ます。町に染み入る鐘の音、もう何回くらい撞《つ》かれたんだろう？

僕はあわててスツールから立つと、ダッフルコートを羽織る。

「あ、やっぱりお願いします。誕生日プレゼントをください、南店長」

ぽかんと口をあけた槙乃さんに、僕は頭を下げた。

「誕生日プレゼントってことで、このまま僕といっしょに、竜仙寺へ初詣《はつもうで》に行ってください！」

目をつぶって、槙乃さんの返事を待つ。ずいぶん——と僕には感じられた——間があってから、「あのぅ」と困ったような声がした。まずい。頭を跳ね上げる。

「あ、や、すみません。やっぱり図々しいですよね。今のナシで。忘れてください。プレゼントはお気持ちのこもったバースデーソングだけで十分です。よく考えたらもう真夜中だし。真夜中に若い男女が——」

焦りと気まずさから、わけのわからないことを口走りだした僕を制するように、槙乃さんは掌をぱっとひらいて僕の口の前に立てる。

「いいえ。私、初詣行きます。いっしょに行ってください、倉井くん」

「ごめんなさい。さっきはちょっと驚いただけです。昨日、倉井くんからこっちで年を越すと聞いて、私も初詣に誘おうかと思っていたので――あ、先に言われちゃったって」

鼻の頭に掻いた汗を恥ずかしそうに拭った槇乃さんを前に、僕は眼鏡を押し上げた。

「――そうだったんですか？」

「はい。だから、いっしょに参りましょう」

僕らは手分けして〈金曜堂〉の戸締まりをすると、新しい年の夜明けを待つ野原町へと、連れだって出かけた。


町の人達が作る列の後ろについて、槇乃さんと石段をのぼる。白い息が宙で重なると、どきどきした。目が合うたび、寒さで鼻を赤くした槇乃さんがにっこり笑ってくれるから、これまたどきどきした。

僕らがようやく本堂の前まで来て賽銭《さいせん》を入れたところで、日付がちょうど変わったらしい。あちこちで「明けましておめでとう」の声が聞かれた。

百八回を超えたところで、撞き手を寺の住職から初詣に来た町の人達に替えてなおもつづく鐘の音を聞きながら合掌し、いまだ煩悩だらけの頭で旧年のお礼を述べる。

〈金曜堂〉に出会えたこと、槇乃さんに出会えたこと、ヤスさんと栖川さんにも出会えたこと、それと忘れちゃいけない、すてきな本とその本を求めるお客様に出会えたこと——もろもろの出会いに感謝した。それから、はじまったばかりの今年についても祈っておいた。まずは父さんの病気の快復、沙織さんや双子ちゃん、そして自分の健康、槇乃さんをはじめとする〈金曜堂〉の書店員とお客様全員の健康も、あとはできることなら槇乃さんとの恋の進展も——と欲張っていたら、参拝が長くなってしまったようだ。

目をあけると、とっくにお参りを終えたらしい槇乃さんが隣で笑っていた。

気まずく頭を掻いた僕と並んで石段に引き返しながら、槇乃さんは言う。

「ずいぶん熱心に祈ってましたね」

「まあ、いろいろと。感謝とお願いが目白押しで」

「倉井くんは今年、就職活動もありますしね」

「え？　あ、ああーっ。そうだった。それについてお願いするの、完全に忘れてました」

僕が両手で髪を掻きむしって天を仰ぐと、槇乃さんはころころと笑い転げた。

「じゃあ、いったい何をお願いしたんです？」

「内緒です」と僕は答えてから、眼鏡の縁に手をそわす。

のぼる時は振り返らなかったのでわからなかったが、石段のてっぺんからは野原町がよく見渡せた。民家や商業施設もあるがそれ以上に田畑が多いため、あちこちに暗闇が広がっている。お世辞にも美しい夜景ではなかった。それでも、この景色のどこかで〈金曜堂〉に集うみんなが、明るい一年を願っていると思えば、ぽっと火が灯《とも》るように胸があたたかくなる。その気持ちこそが、僕が去年もらった本と人との御縁――贈り物なのだろう。

「僕、母のこともお願いしました」

気づくと、槇乃さんに話していた。相手が槇乃さんだから、話せた。

「やっぱり、あの人にも幸せでいてほしいから」

槇乃さんはにっこり微笑んでくれる。そして母さんのように握手を求め、僕に手を差し出してきた。

「今年もよろしくお願いします、倉井くん」

「あ、どうも。よろしくお願いします、南店長」

とっさに握り返した槇乃さんの手は小さく、頼りなく、僕の掌の中にすっぽり収まってしまう。

鐘の音を聞きながら、僕は槇乃さんとのぎこちない握手をいつまでもつづけた。

第3話
銀河タクシーの夜

年が明けてから毎朝、霜柱の立つ寒さがつづいている。

一月の大学生活は、授業やゼミのまとめと後期試験が立て続けにあって慌ただしい。日頃の勉強不足がたたってこの一ヶ月、僕は不本意ながらバイトのシフトを減らさざるをえなかった。店長の槇乃さんに会えない日々は覚悟していた以上に味気なく、一月三十一日に最後の試験科目『現代経済史』が終わった瞬間、思わずガッツポーズを取ってしまった。「喜ぶのは、単位が取れてからにしたら」と監督者には嫌味を言われたけれど、気にしない。

そこまで心待ちにして戻ってきたバイト先、野原駅の駅ナカ書店〈金曜堂〉は少し雰囲気が変わっていた。一口に言えば、妙に静かになっていたのだ。

列車の発着時刻と野原高校の下校時刻がかぶった慌ただしさの中、僕はレジを打ちながら喫茶スペースをちらりと見る。

いつもならヘルプに入ってくれるオーナーのヤスさんが、端のカウンター席にどっかり腰をおろし、本を読んでいた。顔を上げる気配すらない。

〈金曜堂〉の雰囲気が変わった原因は、はっきりしていた。この人のせいだ。いつも誰よりもお喋《しゃべ》りで賑《にぎ》やかなヤスさんが、借りてきた猫か忘れ去られた地蔵かってくらいにおとなしくなったものだから、こっちの調子まで狂ってしまう。一体どうしちゃったというのだろう？　それとなく槇乃さんや栖川さんに聞いてみたが、双方にやんわりはぐらかされた。

　ヤスさんから視線をはずせずにいたら、カウンターの中で喫茶店のマスターばりに働く書店員の栖川さんと目が合ってしまう。こちらの混雑状況を気にしてくれているらしい。けれどサンドイッチやコーヒーを作ったり、喫茶の会計をしたりと目の前の仕事が忙しく、その場から動けそうもなかった。

「倉井くん、ちょっと」

　隣のレジを担当していた槇乃さんが本にカバーを掛けながら、僕にささやく。

「フェアコーナーの本整理をお願いできますか？」

「今、ですか？」

「今すぐです」

　言いながら、槇乃さんはカバーを掛け終わった文庫を輪ゴムで留めて、お客様に手渡しする。袋は要《い》らないと言われたのだろう。笑顔でお客様を見送ると同時に、次のお客様がカウンターに置いた雑誌の値段をチェックする。そして、またささやいた。

「お願いします。ここは私にまかせて」

　レジの行列の長さを考えると、とても一人に「まかせて」おける状況ではなかったが、店長命令だ。きっと何か理由があるのだろう。僕は「申しわけありません」と並んでくれていたお客様に頭を下げ、レジを休止してカウンターを離れた。

〈金曜堂〉では二月突入と同時に、〝バレンタインフェア〟がはじまっている。

野原駅を利用する乗客の大半を占めるのが、全校生徒数三千人超えの野原高校の生徒達だ。必然的に、駅ナカ書店〈金曜堂〉のお客様も高校生が多い。青春真《ま》っ只中《ただなか》の高校生達に向けて、初恋から片想《かたおも》いから三角関係から道ならぬ恋まで、古今東西の恋愛小説が集めてあった。

『君の膵臓《すいぞう》をたべたい』と『アンナ・カレーニナ』が最前列に並ぶ平積《ひらづ》みの台の前で、野原高校の男子生徒が立っている。芸術的な寝癖が特徴らしい彼の顔に見覚えはない。〈金曜堂〉を覗《のぞ》いていくのが習慣というタイプではなさそうだ。

数多《あまた》のお客様の中でまず彼の姿が目に飛び込んできたのは、寝癖のせいじゃない。周囲を異様なほど気にしていたからだ。

僕は、なぜ槙乃さんが混雑するレジを放置してでも、ここへ移動するよう指示したかを理解した。

――万引きは未然に防ぎたい。

わざと男子生徒の視界に入るよう身を屈《かが》めて、僕はフェア本の整理をはじめる。

案の定、男子生徒はびくりと背を震わし、大きく飛び退《の》いた。その拍子に、ちょうど後ろを通ろうとしていた背の低い中年女性にぶつかってしまう。肩も背中も顔も丸い、ゴム毬《まり》のような女性がころころとよろけたので、僕があわてて支えた。

「だいじょうぶですか？」

「平気。平気。ありがとうねえ――あら！」

女性の声で僕がはっと振り向いた時にはもう、男子生徒は近くの一冊を手に取り、自動ドアの方へ向かうところだった。

「お客様！」

とっさに声をあげてしまってから、僕は頭の中で必死に考える。彼はまだ万引き行為をしたわけではない。本を持ったまま、あの自動ドアから外へ出るまではセーフだ。

「その本は続篇です。一巻目はもうお読みになっていますか？」

槇乃さんほどすてきな笑顔を作れたか自信はないが、僕はどうにか笑ってみせた。男子生徒は目を伏せてうなだれ、本を持った手をだらりと下げる。顔色は青かったが、全身から安堵《あんど》感が滲《にじ》み出ていた。もうだいじょうぶだと僕が一息ついたところで、また女性の声がする。

「あらら」

今度は何だ？　と女性の視線の先に顔を向けると、跨線橋《こせんきょう》を駆け抜けていく金色の髪が見えた。

「ヤスさん？」

あわてて喫茶スペースを確認する。栖川さんがカウンターに手をつき、跨線橋の方を食い入るように見つめていた。こんなに焦った顔の栖川さんを見るのは、はじめてだ。僕の体は弾《はじ》かれたように動き出した。

自動ドアを押しあけるようにして外に飛び出し、とりあえずヤスさんの走っていった方角に向かって駆ける。すると跨線橋からホームに降りる階段の途中で、男子高校生達を前に、仁王立ちしているヤスさんの姿を見つけた。

「俺らが何したって言うんだよ」

白い息と共に、男子高校生の悲鳴じみた叫び声があがる。身長こそ低いが、髪の色もスーツのデザインもカタギっぽくないヤスさんに三白眼で詰め寄られ、全員が足を竦《すく》ませ、壁に背をつけていた。

「何もしてねえ。だから余計にタチが悪いんだろうがコラ」

ヤスさんの声は、まるで状況のわからない僕までびくりと背を震わせてしまう凄《すご》みがあった。階段を降りていた乗客達は足を止め、ホームにいた乗客達も何事かと階段の下に集まってくる。僕はあわてて階段を駆け降り、ヤスさんと男子高校生達の間に立った。

「どうしました？」

押し殺した声で尋ねる僕には見向きもせず、ヤスさんは目の前の男子高校生達を睨《にら》みつづける。不気味な沈黙がたっぷり数十秒つづいたあと、やっと口をひらいた。

「おう。よく覚えとけよ。俺にはわかるんだからな。いくら証拠がなかろうと、あいつが口を割らなかろうと、てめえらが首謀者だってわかってっから。今度ああいうことやったら、警察なんか呼ばねぇぞ。俺がてめえらにきっちり筋通させる。いいな？」

ホームに電車が滑り込んでくる音がすると、ヤスさんは憑《つ》きものが落ちたように、ひらりと身を翻した。

「んじゃ、そーゆーことで。頼むぞ、高校生。てめえら全員の顔、もう覚えたから」

そう言って、背を向けたまま手を振る。それがまた怖い。男子高校生達は顔を引きつらせながら、我先にと階段を駆け降りていった。様子をうかがっていた乗客達も、首をひねりながら電車の乗車列に戻っていく。

やっと僕と目を合わせてくれたヤスさんは、ひどく疲れた顔をしていた。口をひらきかけた僕を制するように、肩を叩《たた》く。

「店に帰って万引き未遂の高校生がまだいたら、言ってやれ。〝そこまでしてつるまなきゃいけないやつらなんて、仲間じゃねーよ〟って」

「――じゃ、さっきの子は、あの集団に言われて無理やり？」

「自分の意志かどうかなんて、見てりゃわかる」

いつのまに見ていたんだ？　と驚きつつも、僕に声をかけられ、むしろほっとしていた男子生徒の青い顔を思い出し、そういうことかと腑《ふ》に落ちた。

「ヤスさんが伝えてあげればいいじゃないですか」

僕の言葉に、ヤスさんは顔をしかめて首を振る。

「俺は《ザネリ》だからな」

「は？」

「いや、何でもない。俺に言われたら、怖いだろ」

「——まあ、たしかに」

「んだとコラ」

「すみません！」

理不尽だと思う反面、いつものヤスさんの調子に少し戻ったことが嬉《うれ》しくて、僕が素直に謝っていると、階段の下から声がかかった。

「こんにちは」

〈さつき動物病院〉の佐月倫子先生がキャリーバッグを脇に置いて、こちらを見上げている。今さっき到着したばかりの電車から降りてきたのだろう。仕事中はまとめている髪をおろして私服姿の佐月先生は、いつも以上にたおやかで、目を奪われた。隣のヤスさんが喉の奥で唸《うな》ったきり何も言わないので、僕が挨拶を返す。

「こんにちは。お久しぶりです。ご旅行でしたか？」

「ええ、まあ、ちょっと」

そのまま言葉が途切れ、視線はヤスさんに向く。鈍感な僕でもさすがに察した。

「あ、じゃあ僕、店に戻りますね」

お邪魔虫は退散とばかりに階段を昇りかけたが、強い力でエプロンを引っ張られ、危うく足を滑らしそうになる。

「なっ、何ですか、ヤスさん？」

「――いや、何でもねえ。悪《わり》ぃ」

ヤスさんは小さな声で言うと、僕のエプロンを摑《つか》んでいた手を離し、大きなため息をついて階段を一段ずつ降りていった。その背中は、男子高校生達と対峙《たいじ》していた時とは対照的にひどく頼りなく、からっ風ひとつで簡単に吹き飛んでしまいそうだ。

〈金曜堂〉に戻ると、さっきまでの混雑が嘘《うそ》のように閑散としていた。野原高生達はみんな、電車に乗ってしまったらしい。残念ながら、万引き未遂の男子高校生の姿も消えていた。目まぐるしいレジ業務から解放された槇乃さんが、心配そうに駆け寄ってくる。

「ヤスくんは？」

「だいじょうぶです。高校生達を諭していただけです」

恫喝《どうかつ》に近かったけど、と心の中で付け足してから、僕は槇乃さんに、ヤスさんがいち早く気づいた万引き未遂の裏事情を伝えた。槇乃さんは顎に手をあてて何か考え込んでいたが、ふと辺りを見回す。

「で、ヤスくんは今どこに？」

「あ、高校生達の件が一息ついた時に、ちょうど佐月先生と会って――僕はお先に失礼してきました」

「佐月先生と？」

槇乃さんが突拍子もない声をあげたとたん、喫茶スペースで食器の割れる音がする。目をやると、栖川さんが途方に暮れたように立ち尽くしていた。カウンターにいたお客様から「怪我《けが》はなかったか」と心配され、ぎくしゃくと頭を下げている。

槇乃さんに目を戻すと、気まずそうに目をそらされた。何も聞いてくれるな、と顔全体でわかりやすく語っている。

僕はそれ以上の追及を諦めて、返品《へんぴん》する雑誌をまとめる作業に取りかかった。

結局その日、ヤスさんはそのまま戻ってこなかった。電話で「営業先から直帰《ちょっき》する」と槇乃さんに連絡が来たそうだが、言葉通りに受け取ることは難しい。どうしたって、佐月先生の顔がちらついてしまう。きっと槙乃さんも栖川さんもそうだろう。けれど、二人は何も言わず、目の前の業務を淡々とこなした。僕も倣《なら》うしかなかった。

野原駅のホームに特別列車が停《と》まる金曜日の夜は、普通列車が早めに終電となるため、〈金曜堂〉の閉店時間も少し早い。

僕が最後のゴミ捨てを終えて戻ると、電源の落ちた自動ドアの前でうろうろしている二つの人影があった。

「どうかされましたか？」と近づいてみれば、あの万引き未遂の男子高校生にぶつかられ、転びそうになっていた女性だ。そしてもう一つの影の主は、当の男子高校生本人だった。

「閉店後にすみません。彼が〈金曜堂〉のみなさんに伝えたいことがあるって言うので」

「――はあ」

僕は戸惑いながらも招き入れる。ヤスさんはいないが、まだ槙乃さんも栖川さんも残っているはずだ。

十五分後、喫茶スペースのカウンターに女性と並んで腰掛けた男子高校生は、栖川さんの入れた熱いほうじ茶に手をつける前に、頭を深々と下げた。

「さっきはすみませんでした。それと、ありがとうございました」

その言葉が自分に向いているのを知って、僕はあわてて両手を胸の前で振る。

「いや、それはもう――」

「うやむやにしたくないんです。僕は罪を犯すところでした。あなたに止めていただいて、本当に感謝しています」

女性が息子を見るような目で男子高校生を眺めたあと、僕に言う。

「あなたがいなくなったあと、この子が真っ青な顔してふらふらお店から出ていっちゃうから心配になってねえ。お節介だとは思ったんだけど、あとを追いかけて、いっしょにごはん食べて、お話ししてたの。そしたら、〝やっぱり僕、あの書店員さんにちゃんと謝りたいです〟って」

いつのまにか隣に来ていた槇乃さんが、僕の肩をぽんと叩く。そのやさしいぬくもりに勇気をもらって、僕は「だいじょうぶですよ」と声をかけてあげることができた。

「お気持ちはたしかにいただきましたから。それと、ちょうどよかった。〈金曜堂〉のオーナーから伝言を預かっているんです」

「僕に?」と目を丸くした男子高校生は、また緊張した面持ちになる。

「はい。えーと、〝そこまでしてつるまなきゃいけないやつらなんて、仲間じゃねーよ〟——以上です」

ヤスさんの言葉にはっと目をみひらいたのは、栖川さんだ。一方、男子高校生はみるみる目を潤ませた。何度も咳払《せきばら》いをして、ほうじ茶を一気のみする。彼が必死で耐えた涙は、みんなが見ないふりをした。彼がまだ語っていない真実も、あえて掘り返さずにおく。それはきっと、彼がこれから自分で解決していく問題だから。

女性が「ねっ。ここの本屋さん、いいでしょう？　来てよかったねえ」と背中をさすってやり、男子高校生は声にならないまま何度も頭を下げて帰っていった。

ふたたび静かになった店内で、僕と槇乃さんがカウンタースツールに腰掛ける。栖川さんが湯気のあがるほうじ茶を出してくれると、槇乃さんはふうふう冷ましながら一口のみ、にっこり微笑《ほほえ》んだ。

「彼のことを倉井くんにまかせて、本当によかったです。どうもありがとう」

あらためて槇乃さんにまで感謝され、僕は照れてしまう。

「いや、一番すごいのはヤスさんです。あの男子高校生に無理やり万引きさせようとしていた別の集団に気づくなんて――しかもその子達、店の外にいたんですよ。一体どうやって気づけたんでしょう？」

「ヤスくんは動物的カンの持ち主ですから」

槇乃さんがいたずらっぽく言って、「ねっ」とバーカウンターの中の栖川さんに同意を求めるも、栖川さんは憂いに満ちた顔を少し歪《ゆが》めただけだ。

「栖川くん？」

槇乃さんが問いかけると、栖川さんはいつもの美声で淡々と語りだした。

「ヤスも中学時代、同じことをされた」

「え？」と僕と槇乃さんの声が揃《そろ》う。

「本屋で万引きをするよう、クラスの仲間から指示された。和久興業の跡取りがやれば、野原町で商売する店側は強気に出られないだろうって計算するような仲間だ」

「そんなの仲間じゃないよ」

槇乃さんが静かに断言した。栖川さんは表情を変えないまま大きくうなずき、つづける。

「ヤスだってわかってた。でも認められなかった。そいつらが去ったら、地元の鼻つまみ者の家の子である、自分に近づいてきてくれるクラスメイトはいなくなる。孤立してしまう。それが怖くて、つらかったから――。そんな当時のヤスに、さっきの南と同じことを言った人がいる」

「誰ですか？　もしかして、ジンさん？」

僕のせっかちな質問に、珍しく饒舌《じょうぜつ》な栖川さんは、コップにそそいだ水道水を一気にのみほしてから答える。

「いや。ヤスはジンより先に、本屋のご隠居と出会った」

「本屋？　当時の野原町にあった本屋って、ジンさんの家が営んでいた――」

「五十貝《いそがい》書店」

僕の言葉を引き継ぐように、槇乃さん、ヤスさん、栖川さんの高校の同級生であり、読書同好会〈金曜日の読書会〉のメンバーであり、槙乃さんの恋人だったジンさんが亡くなった事件をきっかけに、野原町から消えることになった町の本屋〈五十貝書店〉。その記憶は、在庫品となった本共々〈金曜堂〉に今も受け継がれている。

槙乃さんは、遠い地平線を見る目になった。

「ご隠居って——五十貝くんのおばあさまの菊江《きくえ》さんね？　本がとてもお好きな方だったって、五十貝くんが話してた。私も会ってみたかったな」

「ご隠居は、南が高校でジンと出会う前——僕らが中学三年生の時に亡くなったから」

つまり、ヤスさんは晩年の菊江さんと交流を持ったことになる。

「たまたまその日はご隠居が店番していて、ヤスが万引きするのを止めた。そして万引き行為に至った裏の真実を見抜いて、言った」

栖川さんはすっと目を細めると、美声を朗々と響かせた。

「〝あんたにそんなことをさせる人達は、仲間でも何でもない。自分を損なう人達と、いっしょにいる必要はないんだよ〟」

別に栖川さんは菊江さんの口真似《くちまね》をしたわけではないのだろうが、僕には会ったこともない五十貝書店のご隠居の、しゃんと伸びた背筋が見える気がした。

僕と同じ感慨に打たれたらしい槙乃さんが、うわずった声をあげる。

「ヤスくんは何て答えたの？」

「〝簡単に言うな、ババア！〟と食ってかかってた」

栖川さんは僕と槇乃さんの顔を見比べ、何も言われないうちからうなずく。

「菊江さんはまったくひるまず〝一人を持て余したら、ウチにおいで。本と私が待ってるよ〟と言って、ヤスに一冊の文庫本を渡した」

ヤスが本を読むようになったのは、ご隠居との出会いがきっかけだ、と栖川さんは静かに締めくくった。そして、コップに今度は缶ビールをそそいだ。僕と槇乃さんは少しぬるくなったほうじ茶を、ゆっくりいただく。

どうしても知りたくなって、僕は尋ねてみた。

「ヤスさんがその時もらった本のタイトルって？」

「『銀河鉄道の夜』。どこの出版社のものかまではわからない」

隣で槇乃さんがほうと息をつくのがわかった。

「〈金曜日の読書会〉でも読んだね」

「ヤスが選んだ最初の課題本だ」

黄金の液体をするするとのみほして、栖川さんはカウンターの端に視線を投げる。

栖川さんの視線を追って目をやると、そこにはヤスさんが忘れていった（というより、持ち帰る暇のなかった）文庫本が置かれたままになっていた。珍しく書店カバーがかかっていない。

僕は上半身を傾け、表紙のタイトルを読み上げた。

「『君のいた日々』。あ、この小説ってたしか、バレンタインフェアのラインナップに入ってますよね」

「ええ。夫に先立たれた妻の日常と妻に先立たれた夫の日常、パラレルワールドのような二つの世界が交互に描かれていく、不思議な恋愛小説です。たしか、ヤスくんが選んだのよね？」

槇乃さんの問いかけに、栖川さんがうなずく。

「『君のいた日々』がヤスの好きな小説であることは間違いない。何度か再読もしている。ただ——これは違う」

そう言うと、栖川さんはカウンターから手を伸ばして、ヤスさんの文庫本を取り上げた。止める間もなく、そのカバーを外してしまう。灰色の表表紙《おもてびょうし》が覗き、枠に囲まれたタイトルが見えた。

「『銀河鉄道の夜』？　あれ？　カバーと本の中身が違う？」

僕の言葉に、栖川さんは長い前髪をはらりと搔《か》き上げ、ため息をついた。

「ヤスは心を落ち着けたい時、『銀河鉄道の夜』を読む。今でも。持ち歩き用に薄い文庫本を買い足したくらいだ」

「ヤスくん——」

槇乃さんが剝《む》き出しになった文庫本を見つめる。栖川さんはすんと鼻を鳴らした。

「弱ってるところを見せたくなかったんだろう。こんな小細工、すぐ気づくが」

僕は栖川さんの顔を見つめる。声音も表情もいつもと変わらない。ビールをのんでも、顔色一つ変わっていない。けれど、僕にはわかってしまった。

たぶん今、栖川さんは怒っている。

*

一週間後の金曜日、さつき動物病院への配達が入った。毎月、専門誌含めた数種類の雑誌を届けているのだけど、いつもは「ちょうどウサギを診《み》せるついでがある」とか「営業でどうせ近くまでいくから」とか何とかわかりやすい言いわけをして、ヤスさんが運んでいってしまう。けれどその日は、朝一番に届いた雑誌の荷解《にほど》きをしながら、ヤスさんは多忙を理由に配達には行けないと宣言した。

「誰か代わってくれ」

いっしょに作業をしていた僕と槇乃さんが顔を見合わせる。結局この一週間、誰もヤスさんに佐月先生との間に何があったのかを聞けていなかった。

ただ、僕らは知っている。ヤスさんがずっと『君のいた日々』のカバーをかけた『銀河鉄道の夜』を読みつづけているということを。つまり、ヤスさんの心はずっと落ち着かないまんまだってことを。

「わかりました。おまかせください」

ヤスさんを思いやるあまり、槇乃さんの返事はかえって事務的になっていた。いつもなら、そんな槇乃さんにツッコミを入れずにはおれないヤスさんなのに、今日はぼんやりと薄い笑いを浮かべただけだ。

僕と槇乃さんはもう一度顔を見合わせ、肩を落とした。

夕方、野原高校の下校ラッシュが落ち着き、店内が閑散とした頃合いを見計らって、槇乃さんは僕に配達を頼んだ。「忙しい」と言っていたヤスさんは、いつものようにカウンターの端の席で本を読んでいたが、僕も槇乃さんもあえて見ないふりをする。

外では雪が降りだしていた。積もるほどではなかったが、針で刺されるように寒い。

「あったかくして行ってくださいね。はい、これ、カイロです」

槇乃さんがあれこれ声をかけてくれる。

僕がバックヤードにさがって、雑誌を詰めたカゴが濡《ぬ》れないようビニールでくるんでいると、背後に気配を感じた。振り返れば、栖川さんが立っている。その後ろに、槇乃さんの困り顔も見えた。

「持とう」

栖川さんの美しい手がすっと差し出される。その必要最低限の単語から、僕は意味を推察した。

「——栖川さんが配達に行ってくれるんですか?」

「そうらしいです」

無言のままエプロンをはずしだした栖川さんに代わって、槙乃さんが答える。栖川さんは自分のロッカーの前で着々と準備を進めた。白いシャツと蝶《ちょう》ネクタイはそのままでライトダウンベストを重ね、膝まであるツイードのロングコートを羽織る。

「栖川くん、マフラー——」と槙乃さんが言い終わらぬうちに、さっとコートの衿《えり》を立てた。整った横顔と細くて長い首が際立ち、いつも以上に格好良いが、本人はいたって無頓着だ。僕がビニールでくるみおわったカゴをひょいと持ち上げ、大股でドアに向かう。

「気をつけて」

槙乃さんの声に、栖川さんは一瞬だけ動きを止めた。細い顎がかすかに動いたから、たぶんうなずいたのだと思う。そのまま、バックヤードのドアを静かに閉めて出ていった。

残された僕が、せっかく着込んだダッフルコートを脱ぐかどうか迷っていると、槙乃さんがバックヤードの中に入ってくる。寒そうに手を擦り合わせ、話しだした。

「高校時代、五十貝くんが何かの拍子に私に言ったことがありました。〝コウとヤスは、親友になれる〟って」

「親友？」

「ええ。でも私はその時、〝あの二人は、五十貝くんを介してしか喋ってないよ〟って、見たまんまの疑問を投げかけました」

僕も同感だ。今日までずっと、栖川さんとヤスさんは槇乃さんを潤滑油にして、どうにか衝突せずやっている印象があった。

「ジンさんは何て？」

「〝今はそうかもしれないけど、二人もいつか気づくよ。互いが必要だって〟」

「——見抜いてたんですね」

槇乃さんは小さくうなずいたあと、段ボールに入っていた雑誌を一冊取り上げる。そして決然と告げた。

「倉井くん、栖川くんを追いかけてください」

「え」

「栖川くんは今、ヤスくんのことしか見えてない。無茶しすぎないよう、守ってあげてほしいんです」

「僕が、栖川さんを、守るんですか？」

身分不相応も甚だしい、と正直思ったが、槇乃さんは真剣だ。

「倉井くんなら、きっとできます」と言いきり、手に持っていた雑誌を僕に差し出した。

「栖川くんに追いかけてきた理由を聞かれたら、〝乱丁《らんちょう》の雑誌を取り替えにきた〟とでも言っておいてください。さあ早く」

僕は雑誌を受け取り、弾かれたように走りだす。

目と鼻の先でバスに行かれてしまったためタクシーを拾い、さつき動物病院まで三十メートルほどのバス停で、ちょうど降車中の栖川さんをとらえた。

あわてて精算を済ませてタクシーを降り、後ろから栖川さんを呼び止める。

栖川さんはちらりと振り返ると、足を止めて僕が追いつくのを待っていてくれた。そして僕の抱えた雑誌を見て、大きな蝙蝠傘《こうもりがさ》を差しかける。

「雪で雑誌が濡れる」

「すみません」

「〝乱丁の雑誌を取り替えにきた〟」

「えっ」

「——という理由を作って、追いかけてきた。南に言われて。違う?」

「あ、あの、えっと」

「想定の範囲内」

そっけなく言い放ち、栖川さんは革靴が濡れるのも気にせず、ぬかるんだアスファルトを進む。そしてさつき動物病院の看板の手前まで来ると、コートの衿に顔を埋めたままくぐもった声で付け足した。

「佐月倫子に失礼なことを言いそうになったら、止めてくれ」

思わず僕は、栖川さんの横顔を見上げる。立たせた衿でほとんど隠れ、表情はわからなかったが、切れ長の青い目が光っていた。

まだ診療時間内なのに、さつき動物病院の窓の灯はすでに消えている。栖川さんは気にせず、ドアの脇についたベルを押した。すぐに応答がないので、立て続けに三度押した。

「留守ですかね？」

僕の言葉を聞いて、栖川さんは奥歯を嚙《か》みしめるように口を結ぶ。ふたたびベルに長い人差し指を近づけた時、ぱたぱたと駆け寄る足音が聞こえ、玄関の明かりがついた。

「お待たせして、すみません」

落ち着いた声と共にドアをあけてくれたのは、佐月先生だ。白衣は脱いでいたが、髪は一つにまとめたままだった。

「今日の午後は手術が二件入ったので、診療はお休みさせてもらっていたんです」

昨年の夏、佐月先生には〈金曜堂〉の地下書庫に迷い込んだ子猫の命を救ってもらった。小さな命の無事を祈って、待合室で座っているしかなかったあの時のいたたまれない気持ちを思い出し、僕は小声で謝る。

「お忙しい時にすみません」

「いえ、二件とも無事に終わりましたから」

微笑みながらそう言って、佐月先生は「あら」と玄関から空を仰ぐ。白い息がふわりと浮いた。

「雪、降りだしていたんですね」

栖川さんが軽くうなずき、雑誌の詰まったカゴを掲げる。

「これはどこに？」

「ああ、雑誌？　ありがとうございます。待合室の方に——」

そこではじめて気づいたように、佐月先生は僕と栖川さんの後ろの空間に目をやった。

「あの——今日、和久さんは？」

「来ない」

挑戦的にも聞こえる一言を投げかけ、栖川さんは佐月先生を見つめる。佐月先生はゆっくり目を伏せる形で、栖川さんの視線から逃れた。

「そうですか」

はらはらしている僕を尻目に、佐月先生は栖川さんを待合室に招き入れ、栖川さんは誘《いざな》われるまま重いカゴを運んでいく。

診療室のドアの脇に置かれた書棚代わりのカラーボックスの前で、栖川さんはカゴを置き、黙々と雑誌の入れ替えをはじめた。

「私がやりますから」

佐月先生は恐縮したように言ったが、栖川さんが見向きもせず「いつもヤスのやっていることは、僕もやります」と言い放つと、眉を下げたまま唇を嚙む。

栖川さんは普段、本より食材を触っていることの方が多い書店員だが、本の扱いも手慣れていた。五分もしないうちに、効率よく入れ替えが終わる。勢い余ったのか、古雑誌を種類ごとに分けて紐《ひも》でまとめることまで終えてしまった。サービスなのか大きなお世話なのかわからないこの作業は、ヤスさんだってやっていないはずだ。

「あとは捨てるなりストックしとくなり、お好きに」

「――ありがとうございます」

佐月先生がいたたまれない顔で礼を述べたのも無理はない。

栖川さんは空になったカゴを持ち上げ、佐月先生に黙礼する。そのまま背を向けて去ろうとするのを、佐月先生が呼び止めた。

「あ、ちょっと待って」

栖川さんが足を止めたことを確認してから、佐月先生はカラーボックスの上に置かれていたバスケットの蓋《ふた》をあけ、何か取り出す。

「あの――よかったらこれ、和久さんに渡していただけないでしょうか」

佐月先生が顔の横に持ち上げてみせたのは、海外の有名ショコラトリーのロゴが入った小さな紙袋だった。

「チョコレート」

僕が見たままを口にすると、佐月先生は唇をすぼめて早口になる。

「この週末もバレンタインデー当日も用事があって、和久さんに会えそうもないので」

「義理チョコ？」

栖川さんが間髪を容《い》れずに尋ねる。佐月先生が返答に困っているのを見て、もう一言付け足した。

「義理はいらない」

「ちょっと栖川さん、当人でもないのにそんな勝手に――」

あわてて僕が口を挟んだが、栖川さんは頑《かたく》なだった。

「ヤスと付き合えないなら、義理チョコを贈るより、付き合えない理由を正直にあいつに告げてやってほしい。でなきゃヤスは――自分のどこがいけないのか考えつづける。自分の家の商売についてまた負い目を感じる。それは――」

頬をうっすら上気させ、いつもより饒舌《じょうぜつ》に語った栖川さんはいったん言葉をのみ、小さくつぶやく。

「とても悲しいことだ」

――悲しいのはヤスさん？　それとも栖川さん自身ですか？

僕は心に浮かんだ質問をのみこみ、佐月先生を見る。チョコレートの紙袋を持った手をだらりと下げ、佐月先生は栖川さんを見上げた。繊細な輪郭の白い顔に、諦めと畏怖の表情が交互に浮かび、やがて寂しげな微笑みがすべての表情をのみこむ。

「私が和久さんと距離を置いた本当の理由――栖川さんはもうご存知なんですね」

佐月先生に問われ、栖川さんの顔にはじめて戸惑いが浮かんだ。どう答えるべきか迷っているらしい。

佐月先生はそんな栖川さんをいたわるように、二度ほど小さくうなずいた。

「教えてください。何を見ました？」

「去年の十二月二十三日――クリスマスイブの前日。国道沿いのスーパー。恋人といるあなたを見た」

栖川さんの爆弾発言に驚いて、僕は佐月先生と栖川さんの顔を交互に見る。僕の視線を目の端にとめたらしい佐月先生が、ほうと息をついた。

「あの日、私といっしょだった男性は、恋人ではありません。ただの不倫相手です」

そう言ったあと、まるで頬を張られたように横を向いた佐月先生の潤んだ目を見れば、「ただの不倫相手」が佐月先生の中でどれだけ大きな存在かわかった。

唐突に記憶の欠片《かけら》が組み合わさる。

　十二月二十三日は、ヤスさんが佐月先生との聖夜の約束に浮かれていた日だった。その日に来店した音羽先生からの頼まれ事で〈金曜堂〉が忙しくなり、すっかり忘れていたけれど、明けて二十四日――クリスマスイブ当日、栖川さんの機嫌が悪いと、ヤスさんがずいぶん気にしていた。前日にそんなところを目撃していたのなら、さすがの栖川さんも混乱しただろう。そして夜、佐月先生に急患の連絡が入り、ヤスさんは〈金曜堂〉に戻ってきた。

「栖川さん――ヤスさんに言わずにいたんですね」

「恋路は、当人同士が整備すればいい」

クールに言いはしたものの、栖川さんは苦しげに顔を歪めた。

「当然、すぐに整備されると思っていたんだが」

「ごめんなさい」とうつむいた佐月先生の顔も同じように苦しげだった。

「和久さんの前でだけは、彼が好きになってくれた清々《すがすが》しい私でいたかったたし、和久さんといると、本当にそういう自分でいられる気がしたんです。だから一度、不倫相手との関係を終わらせようとしました。でも――ダメでした。以来、相手からの連絡が頻繁に入るようになって、いけないとわかっていても私、断ち切れなくて――和久さんに失礼なドタキャンを何回もしました。軽蔑されたくない一心で、本当の理由を伏せたまま、何回も――」

消え入るような声で言った佐月先生を、栖川さんが見据える。その青い目の光はさっきよりずっと強く、冷たくなっていた。

だから僕は、栖川さんより先に叫ぶ。

「佐月先生は間違っています！」

栖川さんがぎょっとしたように僕を見た。佐月先生も肩を震わせ、涙のたまった目の縁を僕に向ける。

「佐月先生が本当の自分を見せた時、ヤスさんが軽蔑すると思いますか？　大間違いです。ヤスさんは――和久靖幸《やすゆき》という人間は、大切な人の幸せが何か、どうしたら幸せになれるのか、考えられる人です。口は悪いし、人相も悪いし、態度はやたら大きくて、距離感もおかしいけど、すてきな人なんです。〈金曜堂〉の頼れるオーナーなんです。佐月先生もどうか信じて、頼ってみてください」

一気に喋って息をつく。僕はちゃんと言えただろうか？　不安になって栖川さんを見上げると、栖川さんは僕と目を合わせないまま「若干、悪口」と指摘した。

「す、すみません」

「でも、その通り」

栖川さんに冷静さが戻り、体の強《こわ》ばりが解けてゆく。

一方、佐月先生は「幸せ」とつぶやき、「幸《さいわい》」と言い換えた。そして、独り言のように言葉を落とす。

「なんだか、『銀河鉄道の夜』みたい――」

僕と栖川さんは顔を見合わせる。そんな僕らの反応に気づき、佐月先生が早口になった。

「和久さんが〝『銀河鉄道の夜』でいったら、俺はザネリだから〟って何かにつけて言うから、最近読み返してみたんです。前に読んだのは、小学生の時なんですけど」

「あっ、僕もヤスさんから聞いたことがあります。〝ザネリだから〟って」

あれはたしか、万引き未遂事件の時だ。その日に、ヤスさんがカバーを付け替えて『銀河鉄道の夜』を読んでいると知って、僕も読んでみた。

主人公の《ジョバンニ》は繊細で感受性の豊かな少年。《カムパネルラ》は《ジョバンニ》の友達で、やさしく公平で誠実な態度ゆえ、誰からも好かれる少年。《ザネリ》は《ジョバンニ》を仲間はずれにすることで、自分が《カムパネルラ》と仲良くなろうとしたが結局、彼を銀河鉄道に乗せるきっかけを作ってしまう、悲しきいじめっこの名前だったはず。

どうしてすぐに関連づけて思い出すことができなかったのだろう？　僕は自分の散漫な注意力（読書力？）を呪った。

「ヤスがザネリなわけない」

栖川さんがぽつりと言う。佐月先生が「私も本を読んで、そう思いました」とうなずくと、栖川さんは青い目を細くした。

「だが、ヤスは本気でそう思ってる――周りの誰からも愛をもらえない、せっかくもらった愛も自分のせいで失ってしまう、周囲の鼻つまみ者だと思い込んでいる」

「それって、私もですか？　私も和久さんをザネリ扱いして、距離を置いたと？」

「違いない」

栖川さんの重々しい言葉に、佐月先生は「ああ」と顔を両手で覆う。腕にかけていたチョコレートの紙袋が音を立てて揺れた。

「わかりました。よく、わかりました」

佐月先生は手をゆっくり顔からはずし、紙袋に目をやる。

「これは、私が和久さんにすべて話せたあとに、直接渡すことにします」

佐月先生はそこで言葉を切って、ひっそり肩をすくめた。

「和久さんが受け取ってくれるなら――ですけど」

僕にちらりと視線を投げてから、栖川さんが一歩前に出る。

「今度こそ、ドタキャンはナシで頼む」

「努力します。できるだけ」

佐月先生は息を詰め、顔を赤らめた。相当危うい返事だが、それが今の佐月先生の精一杯の誠実さなのだろうと、僕は受け入れる。

帰り道、雪はやんでいた。すでに融《と》けて水になった雪で濡れたアスファルトを踏みしめながら、僕と栖川さんは並んで歩く。白い息が交互に浮かんだ。

バス停に着くと、聞いても仕方ないと知りつつ聞いてしまう。

「ヤスさんと佐月先生――これからどうなるんでしょう?」

「二人にしかわからない」

予想通り、栖川さんの返事はにべもない。ただ少し考えて、付け足してくれた。

「まずは、ヤスに佐月倫子と向き合う元気と勇気を」

「そうですね。ヤスさんに元気と勇気を」

僕が繰り返すことで合言葉のようになってくる。栖川さんが青い目を細めて言った。

「倉井くん、頼んだ」

「え?」

栖川さんは「僕はできない」と言いながら、コートの衿を立て直す。

「中学生のヤスが〈五十貝書店〉で万引き未遂をやらかした時、僕は偶然店内にいた。別の中学に通う、名前も知らない少年が卑怯《ひきょう》な集団に焚《た》きつけられ、たった一人で罪をかぶることになる過程を全部見ていた。だが、厄介事を避けたくて関わろうとしなかった」

「そうだったんですか――」

「想定はできても、想像ができない。僕には思いやりが欠如している。だから、余計なことをしたり、逆に必要なことをしなかったりで、間違う」

「そんなことないですよ」

僕は強く首を横に振ったが、栖川さんは唇の端をかすかに持ち上げただけだ。

「和久興業の黒い噂《うわさ》を嗅ぎ回っていた週刊誌の記者にヤクザ呼ばわりされて、ヤスが傷ついた時は、同じ空間に立ち尽くしていただけだ。ヤスが〈金曜堂〉を存続できるかどうかの瀬戸際では、胃腸炎でダウンし同じ場所にすらいなかった。さっきも、倉井くんがいなかったら、僕は佐月倫子を傷つけていただろう。そのことでヤスがどれだけ傷つくか、少しも想像せずに」

栖川さんは青い目で星の見えない夜空を射貫《いぬ》く。白い息を吐き出し、カゴを持っていない方の手をコートのポケットに突っ込んだ。

「僕は大切な人を助けられた例《ため》しがない」

ようやくやって来たバスのヘッドライトが、栖川さんの細長いシルエットを浮かび上がらせる。黒々としたアスファルトのあちこちにできた水たまりが、街灯や信号の明かりを映して滲ませ、まるで夜空のようだった。

「でも、倉井くんは違う。君が〈金曜堂〉に来て、南は変わった。僕とヤスでは無理だったことを、君の想像力が可能にした。だから——頼む。ヤスのことも助けてほしい」

〝二人もいつか気づくよ。互いが必要だって〟というジンさんの言葉を思い出し、僕はバスのタラップを昇りながら考えをまとめる。前を行く栖川さんの背中に声をかけた。

「栖川さん、友達に連絡してもらえますか？」

「友達？　僕の？」と栖川さんが青い目をみひらいて振り向く。

「はい。彼の助けがあれば、ヤスさんに元気と勇気をもたらすことができるはずです」

うなずいてから、僕は心の中で（栖川さんにも）と付け加えた。

＊

バレンタインデー当日、わかりやすく沈み込んでいるヤスさんと来たるべきイベントを前に緊張している栖川さんを尻目に、僕と槇乃さんは日常業務をできるだけ前倒しで進めていった。

あの金曜日の夜、店に帰った僕からイベントの計画を聞いた槇乃さんは、目をかがやかせて言ってくれた。

「すばらしい。ぜひ協力させてください。今日から私達は〝元気と勇気を同盟〟ですね」

「――あ、はい」

口に出すのは少し恥ずかしい名前の同盟だったが、結束は固く、計画の実現に向けて短い期間で準備する毎日はとても充実していた。

大きなミスも問題もなく閉店時間を迎えると、そそくさ上がろうとしたヤスさんに、槇乃さんが「用事がないなら、ちょっと手伝ってくれないかな」と持ちかけた。

「今夜、『かすてら』の朗読会をひらくことになってるから、喫茶スペースの配置を変えておきたいんだ」

「『かすてら』って、楢岡《ならおか》さんトコの朗読サークルか？　この間やったばっかじゃねぇか。『ランボー怒りの改新』に収録された『満月と近鉄』を読んで、笑って泣いて、大変だったろ」

「あれ？　言ってなかった？　この間のは定例会。今夜のはバレンタイン特別朗読会だよ」

バレンタインという言葉に敏感に反応したらしく、ヤスさんの肩はがくりと下がる。

「――恋愛小説を読むのか？　『14歳の周波数』とか読まねぇかな。あれにも一応バレンタインのエピソードが出てくるんだぞ」

「女子中学生のヒリヒリするバレンタインエピソードね」

槇乃さんはうなずき、なだめるようにヤスさんの背中を押した。

「はい。じゃあヤスくんは、テーブルの移動をよろしく」

「押すなコラ」と抵抗しながらも槇乃さんの勢いにのまれ、ヤスさんはスーツの上着を脱ぐ。Yシャツの袖をまくったあとは、テーブルを移動したり掃除機をかけたりと、甲斐甲《かいが》斐《い》しく会場のセッティングに尽力してくれた。そこへ、買い物に出ていた栖川さんが帰ってくる。

「おぅ」

「ん」

お互い目を合わせないまま曖昧《あいまい》な挨拶を交わす。ヤスさんが積極的に絡んでいかないと、二人の距離はとたんに微妙になる。槇乃さんが困ったような笑顔で、僕に振り返った。

僕が腕時計を確認する前に、跨線橋が騒がしくなる。定刻通り、朗読サークル『かすてら』ご一行の到着だ。

白髪まじりの頭に毛皮の帽子をのせて、真っ赤なチェックのマフラーを巻き、ぽてっと丸いシルエットのコートを羽織った女性が、まっすぐ槇乃さんの前に進み出る。

「こんばんは、南店長。今日は集まりが悪くて、これだけなの。ほら、急だったか——」

「あ、楢岡さん！　こんばんは。こんばんは。〈金曜堂〉へようこそーっ」

槇乃さんは『かすてら』の主催者である楢岡さんのうっかり発言を掻き消すように、大声で挨拶を返した。あわてたのか、「こんばんは」を二回も言った。僕はひやりとしてヤスさんを盗み見たが、掃除機のコードを巻き取ることに夢中で聞いていなかったようだ。

一行到着から遅れること五分、喫茶スペースの自動ドアがあく。大きなリュックを背負った男の子が、長い手足を持て余すように前のめりで入ってきた。服の色使いがもう少し華やかなら、女の子と間違えそうなやさしい顔立ちをしている。

「津森渚《つもりなぎさ》くん、お久しぶりです。〈金曜堂〉へよ――」

「栖川さん！　久しぶり！」

挨拶する槙乃さんを素通りし、渚くんはバーカウンターへ駆け寄っていく。悪気はない。ただ、栖川さんが渚くんにとって特別な人というだけの話だ。天才子役の孤独を存分に味わってきた彼に、生まれてはじめてできた〝友達〟なのだから。

「今日は近くでドラマの撮影があって、野原駅まで弓《ゆみ》さんに車で送ってもらったんです。だから、改札から入れてもらったよ」

頬を紅潮させて早口で話しかける渚くんの頭に、栖川さんがすっと手をのせる。

「高くなった？　背」

「あ、うん。夏休みから秋にかけて、五センチ伸びました」

はにかみながら答えた声には、去年の梅雨《つゆ》入り前に会った時のような澄みきった響きがない。声変わりも少しずつはじまっているのだろう。

男の子から少年に脱皮しつつある渚くんは、大人びた表情で苦笑した。

「そろそろ子役も潮時です」

「え。やめちゃうの？」

聞き耳を立てていたことがばれてしまうが、僕は会話に割り込まずにいられない。渚くんは視線をやっと栖川さんから離し、僕に振り返った。

「はい。受験した私立中学にも無事受かったので、四月からいったん芸能の世界を離れようかと」

「マネージャーの板橋さんは了承済み？」

「はい。弓さんがむしろすすめてくれました。〝離れると、大事なものが見えてくるよ〟って。〝演技が渚の本当にやりたいことだとわかったら、今度は俳優として戻ってくればいい〟って」

名マネージャーの言葉に、僕は胸が突き動かされるのを感じた。

渚くんは「そんなことより」とまた栖川さんの方を向いてしまう。

「僕を頼ってくれてありがとう、栖川さん」

「急で悪かった」

栖川さんが長い前髪をはらりと揺らして頭を下げる。渚くんは首を横に強く振った。

「いつも僕の話ばかり聞いてもらってるから、今回、栖川さんのお話がたくさん聞けて嬉しかったです。友達に頼ってもらえるのって、こんなに嬉しいんだなって」

渚くんが小さな顔いっぱいに笑いを貼りつかせると、栖川さんはまぶしそうにまばたきする。

そんな栖川さんに向かって大きくうなずき、渚くんは楢岡さんへ駆け寄った。

「僕の準備はオーケーです」

「そう。じゃ、はじめましょうか。せっかくだから、オーナーも聞いていってくださいね」

スーツの上着を着て、己の重労働をねぎらうように腰を叩いていたヤスさんがぎくりと動きを止める。

「は？　何でだよ？　バレンタイン読書会なんか、俺は――」

「今日の本は、ウチの最年少メンバーからのリクエスト、『銀河鉄道の夜』よ」

楢岡さんが高らかに告げると、ヤスさんの反応を待たずに、渚くんが厳《おごそ》かな歩みでスツールに近づいた。手には、ヤスさんがカバーを替えてこっそり読んでいたのと同じ文庫本がある。

いったん立ち止まると、渚くんは聴衆をゆっくり見回しながら言った。

「先ほど楢岡さんがおっしゃったように、今日は宮沢賢治の『銀河鉄道の夜』を読みます。三年前、僕はラジオドラマでカムパネルラの役を演じましたが、原作をきっちり読んだのは今回がはじめてです。〈金曜堂〉の栖川さんから紹介されて、読んでみました。栖川さんには今、元気になって勇気を出してほしい人がいるそうです。その人のことを、栖川さんは〝カムパネルラのようなやつ〟だって言いました」

そこで言葉を切って、渚くんはスツールに腰掛ける。

「朗読は、本来個人的体験である読書を共有できる行為でもあるって、楢岡さんから聞きました。だから、僕は今夜この本を読みたいです。〝カムパネルラのようなやつ〟さん、いっしょに銀河鉄道に乗りましょう」

渚くんが本をひらくと、電気を帯びたように空気が震え、彼が物語の世界に入ったのがわかった。

僕は『かすてら』メンバー達の一番後ろの列に陣取ったヤスさんの隣に、さりげなく移動する。反対側から槇乃さんもやって来た。僕らの接近に、ヤスさんは鼻を鳴らしたが、何も言わず立ち去ろうともしない。まばたきの極端に少なくなった奥目が、バーカウンターの中で涼しげに立つ栖川さんを映していた。

「《するとどこかで、ふしぎな声が、銀河ステーション、銀河ステーションという声がしたと思うといきなり眼《め》の前が、ぱっと明るくなって、まるで億万の蛍烏賊《ほたるいか》の火を一ぺんに化石させて、そらじゅうに沈めたという工合《ぐあい》――》」

『かすてら』の朗読会は、その本のどこからでも、どれだけでも、好きに朗読していいことになっている。だから渚くんも、いきなりジョバンニが銀河ステーションから夜空を駆ける列車に乗り込むシーンから読みはじめた。宮沢賢治の透き通るような比喩は、言葉を聞いたそばから僕らの頭に、国も次元も飛び越えた美しい世界をしっかり構築してくれる。

渚くんは風景描写のくだりを何箇所か読んだあと、伏せていた長い睫毛《まつげ》を上げてまばたきした。魔法が解けたように、場の空気がほっとゆるむ。

「栖川さん」と渚くんに呼びかけられ、栖川さんがバーカウンターをくぐって出てきた。カウンターからスツールを持ってくると、渚くんの隣に置いて、浅く腰掛ける。

「ここからは、栖川さんにも参加してもらいます」

渚くんはそう言って、ふたたび本に目を落とした。

「《ぼくはおっかさんが、ほんとうに幸《さいわい》になるなら、どんなことでもする。けれども、いったいどんなことが、おっかさんのいちばんの幸なんだろう。》」

渚くんの声を通して、カムパネルラが哀切な叫びをあげる。演技ではなく、あくまで朗読だ。渚くんのカムパネルラは、カムパネルラという登場人物であると同時に、作者の宮沢賢治であり、物語に共鳴する読者自身にもなりえた。

渚くんが口を結ぶと同時に、今度は栖川さんが読み上げる。生まれ持った美声をもってしても、ほぼ棒読みで声の大きさも安定しない朗読は、お世辞にもうまくなかったし、栖川さんの柄じゃなかった。

それでも、栖川さんは読みつづける。物語の中の言葉を借りて、ヤスさんをまっすぐ励まそうとしていた。

「《なにがしあわせかわからないです。ほんとうにどんなつらいことでもそれがただしいみちを進む中でのできごとなら峠の上りも下りもみんなほんとうの幸福に近づく一あしずつですから。》」

しばらく二人で交互に朗読をつづけたあと、渚くんが健闘をたたえるように栖川さんに頭を下げ、静かに文庫本をとじる。

「終わります」

渚くんはスツールから身軽に飛び降りると、最前列で聞いて、誰よりも大きく拍手していた楢岡さんの前まで走り寄った。するとその二人を囲むように、聴衆が動きだす。『かすてら』恒例、朗読後の意見交換タイムがはじまったようだ。

隣でヤスさんが立ち上がる。僕と槇乃さんが止める間もなく、聴衆が移動してできた空間を一直線に突っ切り、スツールに座ったまま脱力している栖川さんの前に立った。

あわてて追った僕と槇乃さんがすぐ後ろで見守るなか、ヤスさんは言う。

「あのな、どっちかっつーと、俺は《ザネリ》だ。周りからそう見られてたし、自分でもそう思ってる」

栖川さんは青い目をきらめかせ、スツールから立ち上がる。小柄なヤスさんを見下ろす形になって言い切った。

「おまえは、《ザネリ》じゃない。ぽんこつカムパネルラだ。人のことばかり考えて、自分を置いてけぼりにする。誰かの幸《さいわい》のために、自分に的外れな我慢を強《し》いる。見ていられない」

栖川さんは大きく息を吐き、ヤスさんの胸ぐらを摑む。

「佐月倫子の幸が何か、彼女とちゃんと話して、二人で考えてこい。先回りして、勝手に身を引くな。弱虫」

くわっと奥目をみひらいて、ヤスさんが顔を上げた。眉の間に縦皺《たてじわ》が寄り、小鼻を膨らませて、今にも嚙みつきそうな表情だ。子供が見たら「鬼が来た」と泣く迫力だったが、栖川さんは動じない。眉一つ動かさずに正面から向き合い、静かに言った。

「自分をもっと信じろ」

「――無理言うな」

「なら、僕や南や倉井くんを信じろ。僕らはみんな、ヤスを信じてる。そんな僕らを信じろ。それならできるだろう?」

「は? 何だそれ? 変な理屈こねてんじゃねーぞコラ」

「理屈じゃない、事実。仲間のためになら、おまえはやれる」

ヤスさんが押し黙ってしまった時、店内の電話が鳴る。槙乃さんが走って、子機を取りに行った。受話器と反対側の耳を掌《てのひら》でおさえて『かすてら』メンバーの賑やかさの中、短いやりとりをする。そして子機を高々と掲げて、ヤスさんの方を振り返った。

「ヤスくん、タクシーがロータリーに着いたよ」

「はぁっ？」

目を白黒させているヤスさんに、栖川さんがコートを手渡す。僕があらかじめバックヤードのロッカーからバーカウンターの中に移動させておいた、ヤスさん自身のコートだ。

「僕らが用意した。乗って行け」

「――野原ステーションから出発する、銀河タクシーの夜か」

コートを手に持ったヤスさんが、苦々しく舌打ちする。三白眼になって僕らを見回し、最後に栖川さんを睨《ね》め上げた。

「俺がぽんこつカムパネルラだとしたら、栖川は絶対、ぽんこつジョバンニだ。お節介で、友達のためにどこまでもついて来ちまう、ぽんこつジョバンニだからな。てめぇこそ、ちゃんと自分の幸《さいわい》探せよコラ」

ヤスさんの憎まれ口に、槇乃さんが洟《はな》をぐすぐすいわせ、僕も涙ぐみそうになっている横で、栖川さんだけはしゃんと立ち、いつもよりさらに無表情になって言った。

「タクシーのメーターが上がる。早く行けば？」

「自腹かよ！」

金髪をぐしゃっと掻いて、ヤスさんはコートを手に持ったまま駆けだしていく。その背中に、元気と勇気が羽のように生えているのが見える気がした。

＊

『かすてら』のみなさんに今夜の協力に対するお礼を言って送り出したあと、僕と槇乃さん、それから今夜は栖川さんの家に泊まることになっている渚くんのために、栖川さんがフレンチトーストを作ってくれた。

〈クニット〉で買ってきた食パンの耳を切り落とし、卵と牛乳と砂糖を混ぜた中に漬け込む。栖川さんはさらにその上から、バニラエッセンスをたらした。漬け込んだ食パンをそのまま電子レンジであたためると、店内に甘い香りがふんわり漂いだす。

「お菓子のにおいだ」と渚くんがはしゃいだ。

栖川さんはフライパンにバターを溶かし、食パンを入れて弱火でじっくり焼き上げながら、サイフォンでコーヒーを抽出する。アルコールランプに火をつけてフラスコをあたためたり、ロートをフラスコに差し込んだり、ロート内で盛り上がってくるコーヒーを竹べらで攪拌《かくはん》したりといった手順は、理科の実験に見えなくもない。

葉や蔦《つた》の模様がぐるりと描かれた平皿の上に、半分に切ったフレンチトーストをおいしそうに盛りつける。メープルシロップをふんだんにかけたあと、真ん中にバターをちょこんとのせた。さらに冷凍庫から二リットルサイズのカップアイスを取り出し、丸くすくったバニラアイスをフレンチトーストの脇に添える。トーストの熱でたちまちバニラアイスの形がくずれだす。溶けたアイスがメープルシロップと混ざり合って、食欲をそそる見た目になった。

「バニラアイスをフレンチトーストにのせて食べると、溶けたバターでアイスにコクが出る。お好みでどうぞ」

「いただきます」

僕らは待ちかねたようにナイフとフォークを取る。書店員達は苦めのコーヒー、渚くんはオレンジジュースをお供に、フレンチトーストを頬ばった。バニラアイスとバターとメープルシロップの共演はえもいわれぬ甘さで、僕は「幸せです」と口走ってしまう。バーカウンターの中で、栖川さんもフレンチトーストを口に運びつつ、僕らに切れ長の青い目を向けた。

「卵があれば」

「え?」

「あと卵さえあれば、『銀河鉄道の夜』のジョバンニもフレンチトーストが作れる」

「そうなんですか?」

僕はあわてて文庫本をひらき、渚くんといっしょに該当箇所を探す。いち早く「本当だ」と声をあげたのは、槇乃さんだった。

「十三ページの終わりに《パン屋へ寄ってパンの塊を一つと角砂糖を一袋買いますと》って書いてある。《牛乳》はたしか――」

「ジョバンニが母親のために牛乳屋に取りに行きますね。銀河鉄道に乗る前と後に訪ねて、やっと瓶に入った牛乳をもらえるんだ」

あとを引き取った渚くんが、利発そうな目をかがやかせ、はきはきと喋る。槇乃さんは（そうそう）と言いたげに何度もうなずいた。

「実際には、角砂糖は牛乳に入れてのむためだし、パンはパンだけで食べているようだが」

栖川さんがそう言うと肩をすくめ、付け足す。

「僕は『銀河鉄道の夜』を読むたび、登場人物達にフレンチトーストを食べてほしくなる」

「甘くて、滋養があって、幸せな気持ちになれるメニューだもんね」

槇乃さんがうっとり言いかけ、ふいに両手を合わせた。

「あっ、このメニューの名前を思いつきました！　〝銀河鉄道の夜のフレンチトースト、天上のアイスクリームを添えて〟。どうです？」

「〝天上のアイスクリーム〟？」

聞き慣れない言葉に僕が首をかしげると、槇乃さんはバニラアイスだけを口に入れて、大きな目を澄み渡らせた。

「宮沢賢治さんが妹のトシさんとの死別を描いた詩、『永訣《えいけつ》の朝』に出てくる言葉です。臨終の床にいるトシさんにせがまれ、賢治さんは陶椀《とうわん》に雪を入れてくるんです」

「雪を指して〝天上のアイスクリーム〟と？　さすがですね」

「のちに賢治自身が〝兜率《とそつ》の天の食《じき》〟と書き換えてしまう言葉ではあるけど」

栖川さんが長い前髪を払って言葉を挟むと、槇乃さんはうなずく。

「でも実際トシさんの療養中、食欲のない彼女は重湯《おもゆ》の代わりに手作りのアイスクリームを食べていたと、賢治さんがお父様への手紙に書いています」

「手紙？　南店長は宮沢賢治の手紙を読んだことがあるんですか？」

「ええ。ちくま文庫の『宮沢賢治全集』の何巻目かに、家族や友達に宛てた書簡がまとまっています。八——いや、九巻目だったかな。賢治さんの茶目っ気や就職の悩みがわかって、興味深いですよ」

「プライベート満載の手紙が衆人の目にさらされるなんて——作家稼業もつらいですね」

僕が身震いすると、脱線した話を元に戻すように、槇乃さんは軽く咳払いした。

「まあとにかく、そんな実際の思い出があったからこそ、椀の中のみぞれを見た時、賢治さんの頭に〝アイスクリーム〟って言葉が、まず浮かんだのではないでしょうか」

黙ってフレンチトーストを行儀よく食べていた渚くんが、ナイフとフォークをそっと置き、顔を上げる。

「妹はそのまま亡くなるんですよね?」

「ええ」

「宮沢賢治が『銀河鉄道の夜』を書くのは、そのあとですか?」

「この文庫の後ろに載ってる略年譜を見る限り、そうですね」

槇乃さんが自分の『銀河鉄道の夜』をめくって指さすと、「なるほど」と渚くんは天井を見上げ、まだ喉仏の目立たない細い首をかくんと揺らした。

「じゃあきっと宮沢賢治の中では、妹も銀河鉄道に乗ってるんだ」

渚くんの言葉に、僕らははっと顔を見合わせる。

「何て——美しくて、悲しくて、そしてやさしい小説なんでしょうね」

槇乃さんの独り言は、僕らみんなの独り言でもあった。

中学生だったヤスさんが、この小説からどれだけの安らぎをもらったかは想像に難《かた》くない。〈五十貝書店〉という町の本屋さんの、注意深く誠実な一人の書店員が、その幸せな出会いをもたらした。それはきっと日本中、いや世界中の本屋さんが起こしている魔法なんだろう。そう考えると、自然と背筋の伸びる気がした。

僕はカウンターに手をついて腰を浮かし、栖川さんの手元に余分なフレンチトーストがないことを確認する。

「ヤスさんの分は作らなかったんですね」

「今夜は帰ってこない」と栖川さんはきっぱり言い切る。

「想定――ってやつですか？」

僕が問うと、栖川さんは少し考え、首を横に振った。

「想像と祈り」

「栖川くんは、ヤスくんの幸を祈ってるんだね」

槙乃さんが微笑む。栖川さんは表情を変えずに槙乃さんを見つめていたが、おもむろに
「やっぱり却下」とつぶやいた。うろたえたのは、僕だ。

「ええっ。何が却下なんです？　ヤスさんの幸ですか？」

「違う。〝銀河鉄道の夜のフレンチトースト、天上のアイスクリームを添えて〟というメニュー名。長すぎ」

栖川さんがこともなげに言い、槙乃さんは「長いところがいいのに」と肩を落とした。

フレンチトーストをたいらげ、渚くんがあくびをした頃、ヤスさんから店に短い電話がかかってきた。栖川さんの想像と祈りの通りに、今夜は帰ってこないらしい。互いの気持ちや事情を率直に打ち明けた上で、佐月先生はヤスさんにチョコレートを渡すことを、ヤ

スさんは受け取ることを、それぞれ決めたのだ。佐月先生と不倫相手との関係はすぐに解決する問題ではないかもしれないが、大きな前進だろう。

「よかった。これで心置きなく解散できますね」

槙乃さんは朗らかに笑い、眠たそうな渚くんと彼をこれから自宅まで連れて行かねばならない栖川さんには、先に帰ってもらうことにした。食後の後片付けは、僕と槙乃さんが請け合う。

「渚くん、今日は本当にありがとう」

僕らが礼を言うと、渚くんは傍らの栖川さんを見上げ、眠そうな顔のまま力説した。

「栖川さんが困ったら、またいつでも来ます。すぐ来ます」

栖川さんは涼しい顔で頭を少し下げただけだったが、友達の渚くんが今、幸せな気持ちでいることは、よく伝わったと思う。自分がとっくに友達を助けていたことに、気づいてくれたはずだ。

僕が食器を洗い、槙乃さんが拭いて収納してくれる。作業のリズムがきっちり合って、心地よかった。静かな店内に水音だけが響くなか、槙乃さんと二人きりである事実にあらためて気づいて、変な汗が出てくる。

あたふた話題を探している僕を横目に、槙乃さんが唇を尖《とが》らせた。

「いい名だと思ったんですけどね」

「〝銀河鉄道の夜のフレンチトースト、天上のアイスクリームを添えて〟」

「え？」

まだこだわっているらしい。僕は苦笑いして、なだめる。

「じゃあもしも、栖川さんがまたあのフレンチトーストを作ってくれたら、僕らだけこっそりそう呼ぶことにしましょう」

「心の中でこっそり、ですね」

いたずらっ子のように歯を見せて笑い、槇乃さんは「ところで倉井くん」と目を細める。

「私も『銀河鉄道の夜』にちなんだお菓子を作ってきたんですけど、食べてもらえます？」

「はい、もちろん。喜んで」

僕はうなずき、いそいそバックヤードへ向かう槇乃さんの背中を見送る。ほどなくして戻ってくると、槇乃さんは「どうぞ」と焦げ茶色の小さな箱を差し出した。リボンやシールの装飾はない、ごくごくシンプルな箱だ。

もちろん、すぐにあけてみた。箱の中のお菓子を覗き込んだ僕に、槇乃さんから弾んだ声がかかる。

「何をモチーフにしたか、わかりますか？　わかっちゃうかしら？　わかっちゃうよねぇ」

両手を頬にあててはしゃいでいる槇乃さんには申しわけないが、さっぱりわからなかった。僕はおずおずと聞いてみる。

「ホワイトチョコレートの板チョコを砕いたものなんて、作中に出てきましたっけ？」

「またまた倉井くん、とぼけちゃって――これは〝鷺《さぎ》の押《お》し葉《ば》〟をモチーフにしたチョコレートですよ。ジョバンニ達が列車の中で、《鳥捕《とりと》り》からお菓子をもらうでしょう？あれをイメージしたんです」

僕は文庫をひらき、くだんのチョコレートとよく見比べてみる。ホワイトチョコレートなのは、鷺の色を模すためだとわかった。だけど理解できたのは、そこまでだ。槇乃さんの残念な画力は、お菓子作りにも影響を及ぼしているらしい。

感想を待つ槇乃さんの期待と不安に満ちた眼差《まなざ》しを受け、僕は栖川さんの「南は変わった」という言葉を思い出した。生き方もお菓子作りも不器用な槇乃さんがいとしくなる。

「なるほど。いただきます」

誰が何と言おうと〝鷺の押し葉〟のチョコレートであるそれをつまんで、口に運んだ。口の中で初雪のように溶けるホワイトチョコレートの甘さに、自分の顔がほころぶのがわかる。僕は槇乃さんがよくやるように親指を立てて突き出した。

「おいしいです、とっても」

「よかった」

破顔一笑。槇乃さんの瞳は、銀河をのみこんだようにきらめいた。

第4話

金曜日の書店員たち

バックヤードで駅ナカ書店〈金曜堂〉のエプロンをはずしながら、僕は問う。

「バレンタインチョコ――と呼んでいいんでしょうか？　やっぱり？」

「バレンタインデー当日にもらったチョコだろ？　南のことだから、グロかったりしょっぱかったりしただろうが、ま、バレンタインチョコだな」

デスクで来月のシフトを組んでいたオーナーのヤスさんが、そう言って思いきり唇を突き出した。

半月ほど前のバレンタインデーに、僕が槇乃さんからチョコレートをもらっていたという事実が、昨日の仕事帰りの飲み会でバレた。ビール一杯でできあがった槇乃さん本人が、「直木賞受賞作を、追加発注しました」などの事務報告と同じ口調で、「手作りのチョコレートを、倉井くんにあげました」とヤスさんと栖川さんに向かって告げたのだ。

その場では栖川さんはクールに流し、ヤスさんなんてへべれけだったはずなのに、今朝顔を合わせてから、僕への追及が止まらない。

「別にグロくもしょっぱくもなかったですけど」

「あっそ。とにかく、まあ、よかったな。バレンタインチョコはバレンタインチョコだ。たとえ義理であっても、何もねぇよりマシだろコラ」

バレンタインデー当日、佐月先生と心を通わせ、チョコレートをもらえた心の余裕からだろうか？　ヤスさんの口調はめずらしくやさしかった。

「はい。ありがたいことです」と僕はうなずき、ヤスさんをあらためて見る。

「ところで、そのひょっとこみたいな顔は、どういう気持ちの表れで？」

ヤスさんはあわてて顔を撫《な》でまわし、自分の唇が「うー」の形を作ったままであることにやっと気づいたらしい。がくりと肩を落とした。

「必死で頭を使うと、俺、こういう顔になるんだよ」

「シフト作りですか？」

「そう。四月は学校も会社も年度はじめだろ？　不確定要素の多い登録書店員達が多くてなあ。どう割り振ったらいいもんか――南に相談されて考えてんだが、数学のテストより難しいぞコラ」

金髪の角刈りをごしごしこすっていたヤスさんが、ふと手を止めて僕を見つめる。

「そういや、倉井は？」

「え？　僕ですか？　休みの希望は出してあるはずですけど」

「ああ、もらってる。あれ見ると、ほぼ毎日入ってくれるみたいだが、いいのか？」

「いいですよ。四年生になると、授業数減りますし」

「そのぶん就職活動に時間を取られたりしねぇか？」

「え」

思いもよらない指摘に、言葉をのんだ。そんな僕の反応に、ヤスさんはにやりと笑う。

「ま、でも坊っちゃんバイトの場合、どでかい受け皿があるもんな」

「いや、そんなことは――」

「わかってっから」とうるさそうに手を振り、ヤスさんはデスクに向き直った。

「それよか倉井、今日は用事があって早退すんだろ？　そろそろ上り電車来るんじゃね？」

「あっ」

僕はあわててロッカーをあけてデイパックとダッフルコートを掴《つか》むと、「お先に失礼します」とバックヤードを飛び出す。

一時間に二本しかない上り電車になんとか間に合って、僕は息を吐いた。ほっとして出たそれにつづいて、深いため息も漏れる。

三月に入ったとはいえ、車窓はまだまだ真冬の景色がつづく。二月に降った大雪がまだそこここに残る田畑と山々を眺めるのに飽きると、僕はスマホを取り出し、今週はじめに継母《けいぼ》の沙織さんから来たメールを再読した。

――こんにちは。史弥くん、元気？　インフルエンザにかかってない？　こっちは、体調の悪化してる人はいません。ご安心ください。急で悪いんだけど、今週のどこかで時間

を作ってくれないかしら？　パパが会いたいと言ってます。話があるそうです。待ってます。倉井沙織

〝みんな元気です〟とシンプルに書けない事情をせつなく思いつつ、〝話があるそうです〟という文を繰り返し目で追ってしまう。メールをもらった時は「何だろう？」と首をかしげただけだったが、さっきのヤスさんとのやりとりを挟んで、一気に気が重くなってきた。時期的に、そういう話が出ても全然おかしくない。

三代目として継いだ町の本屋〈知海書房〉を、全国チェーンの大手書店にしてみせた父さんのことだ。病床でも前を向き、家業の店を次代に存続させていく手段や方法について考えているのだろう。

僕は頭を振って、デイパックのポケットから文庫本を取り出す。〈金曜堂〉のブックカバーがかかったそれは、去年の〝サンタクロースフェア〟で買っておきながら、インフルエンザにかかった沙織さんの看護と異母妹の双子ちゃんの世話に忙殺されたり、大学の試験があったり、先に読みたい本ができたりで、今まで読めずにいたものだ。

表紙をめくり、目次で六篇あるタイトルを確認し、さらに何ページかあとに出てくる最初の短篇の原題に目がとまる。「Children on Their Birthdays」。

——去年の僕の誕生日は、いろいろ大変だった。

Birthday の文字から僕を産んだ初代母さんの背中を思い出し、苦笑する。そこから気

がそれ、僕は父さんに就職の話をされた場合の受け答えを考えることに集中しだした。本の文字は追えなくなり、やがて大和北旅客鉄道の蝶林《ちょうりん》本線から城京本線に乗り換えるために文庫本をとじたあとは、二度とひらくことなく東京に到着したのだった。

病院の最上階にエレベーターが着き、低い音量でBGMが流れる廊下を歩きだすと、重力がおかしくなってしまったのかと思うほど足が進まなくなる。それでもどうにか心に鞭《むち》打って、父さんの病室のドアをあけた。

「あ、史弥くん。遠いところをおつかれさま」

父さんの枕元に座っていた沙織さんが僕に笑いかけ、三歳の双子ちゃん達が「ふみやくん、ふみやくーん」と声を揃《そろ》えてまとわりついてくる。ほんの数週間前にも会っているのに、十年ぶりの帰郷並みの歓迎をしてくれる異母妹達は、掛け値なしで天使だと思う。

沙織さんはそんな天使達の肩を左右それぞれの手でがっちり摑み、「はい、帰りますよー」と僕から引き剝がした。

「お約束したでしょう？　史弥くんはパパとお話があるから、遊ぶのはまた今度」

「やだー」とユニゾンであがった声を無視し、沙織さんは双子ちゃん達と手をつないで、僕とベッドの父さんに頭を下げた。

「それじゃ、パパ。私たちはこれで――」

「ああ。明日、新しい肌着を頼むよ。あたたかい素材のやつ」

梅昆布茶《うめこぶ》、新しい文庫本と新書、家に届いた自分宛ての手紙――父さんがベッドに横になったまま挙げていく〝持ってきてほしいもの〟に、沙織さんはいちいちうなずき、「まかせて」と指でオーケーサインを作って出ていった。

エレベーターに乗り込む直前まで「ふみやくーん」と叫んでくれていた双子ちゃん達の声が聞こえなくなると、急に病室が静まりかえる。

「顔、見せてくれよ」

父さんに言われて、僕はドアの前からベッドへと近づいた。そのわずか数歩の移動の間に、覚悟を決める。まずは、父さんの具合を直視するための覚悟だ。

「寝たままで失礼する。起き上がるのがちょっと――大儀で」

「全然かまわないよ。体のつらい日に来て、ごめん」

「いやあ。最近はずっと大儀なんだ。そのうち、この大儀さにも慣れるだろう」

父さんはにこやかに、後ろ向きとも聞こえる発言をする。

また少し小さくなった父さんの顔を見た。肌はくすんでいたが、瞳だけ妙に澄んでいる。すでにこの世を俯瞰《ふかん》している眼差《まなざ》しに思えて、心臓がぎゅっと縮む。

父さんは僕の顔をじっと見つめていたが、何を言うでもなく、枕の横に伏せてあった文庫本を取り上げた。

『ハリー・オーガスト、15回目の人生』というタイトルと、少し垂れ目の白人青年の顔が描かれた表紙が見える。

「今、読んでいる本だよ」

「へえ。どんな話?」

僕の何気ない問いかけに、父さんは脂気のなくなった頬を掻《か》きながら質問で返してきた。

「史弥はケン・グリムウッドの『リプレイ』を読んだかい?」

「や、あいにく――」

「そうか。タイトル通り、両方とも人生をやり直す話さ。どちらもおもしろい。興味があったら、読んでみるといい」

「あ」と僕は年末から松の内にかけて読んだ三部作の中の一冊を思い出す。

「人生じゃないけど、同じ一日をやり直す話は読んだよ」

「北村薫の『ターン』だな」

父さんにやすやすと言い当てられ、僕は空気の漏れたような笑いを浮かべた。

父さんは文庫を枕元に戻し、白い枕に頭をつけたまま目をつぶる。

「こんな本を読んでいるせいかな。最近よく考えるんだ。人生をやり直せたら、どう生きようかって――」

喉仏が上下する。薄い瞼《まぶた》が引きつれて、呼吸がいつもより浅い。ひょっとすると熱があるのかもしれない。僕はそっと浮かした手を、けれど父さんの額にすんなり置くことはできなかった。

躊躇《ちゅうちょ》しているうちに父さんが目をひらき、僕を見上げて言う。

「〈知海書房〉の新しい試みを知ってるか？」

「――〈ｃｈｉｋａ　ＢＯＯＫＳ〉のこと？」

大型総合書店である〈知海書房〉とは別に、店ごとに本のセレクトや店内の雰囲気をがらりと変えた駅チカ店舗を、都会から離れたベッドタウンで展開させる――そんな構想を、父さんが入院前に形にしたのは知っている。実際、東京にあるモデル店の一つで、〈知海書房〉本店店長の二茅和香子さんから父さんへの見舞いの品として、本を買ったこともあった。

「そうそう」と父さんは天井を見上げたままうなずき、布団から出した手を胸の上で組んだ。

「まだ都心にしかモデル店がない状況だが、なかなか好評でね。売上も悪くない」

「うん」

「もう少ししたら、東京の外にも作ってみようかと思ってる。まずは神奈川、埼玉、千葉の大きなベッドタウンに。それも成功したら、今度は関東全域に広げて、需要のありそうな町に――」

「すごいね。末は全国展開を考えているの？」

あえて話を端折《はしょ》る質問をしたが、父さんは僕には一切目を向けず、天井に向かって淡々と話しつづける。

「実はすでに、学校や駅の新設、住宅地の開発、娯楽施設の建設計画なども参照しながら、どの県のどの町にどんな本の需要があるか、調査を進めていてね。書店のイメージがだいぶ明確になってきた町もあるんだよ」

「父さん。あの、僕、就職は——」

言いよどむ僕を、父さんの視線が貫く。乾燥した唇が思いきったようにひらき、言葉が押し出された。

「雪平《ゆきひら》は、そんな町の一つだ」

「え」

想像すらしていなかった情報に、僕はのけぞってしまう。頭が消化不良を起こしかけているのを意識しつつ、父さんの言葉を無理やり嚙み砕いた。

「雪平って——あの、野原駅を一つ下った隣の？」

「そう。あそこには、映画館やホームセンターが入っている大きなショッピングモールがあるだろう？」

「ああ、雪平モール。たしか、その中に書店もあったような——」

ン店」

「〈ブック宗林《そうりん》〉だ。中堅規模だが、北関東での知名度と親和性はピカイチの老舗《しにせ》チェー

父さんはすらすらと答える。調査が進んでいるのは本当らしい。そこで僕は最初に浮かんだ懸念を口にした。

「〈chika BOOKS〉と〈ブック宗林〉で潰《つぶ》し合ったりしない？」

「――どうかなあ？〈ブック宗林〉は古くからの住民には断然、馴染《なじ》みのある本屋だろうね。ただ、ショッピングモールを中心に、雪平は今、少子化時代の子育てをする町へと生まれ変わろうとしているんだ。新興住宅地の開発もまだまだつづくらしいし、じきに若いファミリー層がどっと増えるはずだよ。そんな町の書店でたとえば、親子向けのワークショップをしたり、店に託児室を設けたり――新たな住民に向けて、本を売るだけじゃない展開を用意すれば、〈chika BOOKS〉が〈ブック宗林〉とは違うアプローチで雪平の町に根付くことは可能じゃないかな。少し気負って言わせてもらえば、町に書店を作るんじゃなくて、書店が町を作るんだ」

僕が相槌《あいづち》を打つのも忘れてぼんやり聞いていると、父さんは目にぐっと力を込めた。

「県の方針としてゆくゆくは中学校を新設して、野原高校との中高一貫教育を実践するらしい。その中学校の建設予定地が、雪平駅に近い。そうなるときっと将来、野原高校から雪平駅を結ぶ路線バスの運行もはじまるだろう。これが近隣の町にどう影響するか、わか

るかい？」

「野原駅を利用する学生の数が減る――」

つまり、登下校のついでに野原駅の跨線橋《こせんきょう》にある小さな本屋〈金曜堂〉を覗《のぞ》く学生の数も減るってことだ。

僕は父さんの布団を摑んだ。

「いつ？　いつ雪平に〈ｃｈｉｋａ　ＢＯＯＫＳ〉を作るつもり？」

「まだわからないよ。まずは神奈川、埼玉、千葉の店がうまくいってから、さらに調査を進め、採算が取れると踏んだ上で、〝ｃｈｉｋａ　ＢＯＯＫＳ　雪平店プロジェクト〟は動き出すだろう」

静かに言いきると、父さんは組んでいた手を解き、眉間をつまんでゆっくり揉《も》んだ。

「以上が、〈知海書房〉社外秘の計画だよ」

「じゃ、僕に言うのもダメでしょう？」

「ダメだね。でも、史弥には言っておこうと思ったんだ」

父さんは抜け目がない経営者の顔をしたまま、からからと笑う。そしてふと真顔になった。

「史弥には〝もし人生をやり直せるなら、あの時に戻りたい〟の〝あの時〟が一つでも少ない人生を歩んでほしいから、伝えた。大学四年生の春を迎えるにあたって、自分がどんな社会に出て何をしたいのか、しっかり考えてもらえたら嬉《うれ》しいよ」

その言葉は、僕がずっとまとってきた重い鎧《よろい》を脱がせてくれる。僕は父さんを見た。ゆっくりうなずく父さんは、まちがいなく父親の顔になっていたと思う。

父さんが眠ってしまってから、僕は枕元の椅子に腰掛けた。しばらく寝顔を見て、浅い呼吸を聞く。それからおそるおそる手を伸ばし、父さんの額に掌《てのひら》をのせた。

予想に反して、そこはずいぶんひんやりしていた。


最終の蝶林本線への乗り換えに間に合うよう駅構内を走っていると、長身を活かした惚《ほ》れ惚《ぼ》れするストライドで僕の前を駆けていく、ショートカットの女の子がいた。

「益子《ましこ》さん？」

思わずかけた声に反応し、女の子の肩が跳ね上がる。ちらりと振り向いた横顔は、間違いなく同じ学部生でゼミまで同じ、益子理麻《りま》さんだ。

大学の排球《はいきゅう》同好会でふだんから運動しているせいだろう。どうにか滑りこめた車両の中で、益子さんはあっというまに息を整え、すっきりした顔で僕を向いた。

「倉井くんも東京に出てたんだ」

「う、うん。益子さんは――」

ぜえぜえ肩を上下させながらそこまで言いかけて、僕は益子さんのチェスターコートの下から覗いたチェックのプリーツスカート姿に息をのんだ。僕の視線ですべて了解したのだろう。益子さんは恥ずかしそうに、スカートをつまむ。

「似合わないでしょう？　いつもスカートなんか穿《は》かないから。今日はＯＧ訪問だったんだ。先方は〝いつもの私服で気軽においで〟って言ってくれたんだけど、まさか上下ジャージやパーカにデニムって格好で行くわけにもいかず――」

益子さんはまだ気にしているらしく、チェスターコートの前を掻き合わせてどうにかスカートを隠そうとしながら、尋ねてきた。

「倉井くんは何の用事で？　ＯＢ訪問？　セミナー？」

「いや、僕はまだ――」

「あ、そっか、そっか。倉井くんってたしか、大きな書店の跡取り息子さんなんだよね？　就職先はもう決まってるのか」

一人で合点してうなずく益子さんに、僕は言う。

「〈知海書房〉には入らないよ」

「ええっ。そうなの？」

益子さんの反応で、父さんが脱がせてくれた鎧の大きさと重さを、あらためて感じた。僕は自分の心の中を隅々まで覗き、確信を持ってうなずく。

「うん。だから、僕も就活しなくちゃ」

「――そう。希望の業種とかあるの？　やっぱり書店？」

「どうだろう？　そこがよくわかんなくなっちゃって、困ってるんだ」

僕が正直に打ち明けると、益子さんは同情するように眉を下げ、「まいったね」とつぶやいた。

＊

週末はいつも通りアルバイトに明け暮れた。「いつも通り」と思っていたのは、自分だけかもしれない。ヤスさんや栖川さん、それに槇乃さんとすら何を喋ったか、あまり覚えていないからだ。目立つミスをしなくて本当によかった。

頭の中は常に就活のことでいっぱいで、家にいる時間はほとんどネットで調べ物をしていた。「就職――するのかなあ？」とぼんやりしていた一週間前が嘘《うそ》みたいだ。

父さんから〈知海書房〉の事業計画の一端を教えてもらったことで、〈知海書房〉と〈金曜堂〉の間で宙ぶらりんになっていた僕の気持ちは、〈金曜堂〉にはっきり傾いた。

父さんがあそこまで確信を持って口にしたのだ。順当にいけば、そう遠くないうちに〈知海書房〉は〈ｃｈｉｋａ　ＢＯＯＫＳ　雪平店〉を作るだろう。〈金曜堂〉が少なからず煽《あお》りを食うのは、まず間違いない。

そのXデーに向けて何をするべきか？　ここに僕の就活の鍵があることはわかっている。

明けて月曜日の朝、僕は大学の竈門《かまど》キャンパスにいた。

大学には就職課というものがある、ということを今さらのように思い出したからだ。周りの田園風景にすっかり溶け込んでいる、のどかなキャンパスの並木道を早足で歩く。就職課のある建物に近づくにつれ、スーツを着て、同じような髪型をした学生達がちらほら視界に入ってきた。

いつものデニムを穿いてきた僕は気圧《けお》されるが、足は止めない。Xデーの近づくことはあっても、遠ざかることはないからだ。もう進むしかない。

古い建物に入り、階段を上がって二階へ向かう。はじめて向き合う就職課のプレートとドアを前にして呼吸を整えていると、中から分厚いバインダーを何冊も抱えた女性が出てきた。〈金曜堂〉の常連の一人で、バイトをはじめたばかりの頃の僕が万引き犯と間違えてしまったお客様だ。

「猪之原《いのはら》さん！」

僕の声は大きすぎたらしい。猪之原寿子《としこ》さんは「しっ」と怖い顔をした。そしてドアがしっかりしまったことを確認してから、声を低めて尋ねてくる。

「何？　就活で来たの？」

「──はい。一応」

「一応って何よ？」

　意志の強そうな太い眉がぐいと持ち上がった。僕はあわてて釈明する。

「いや、どこからどう手をつけていいかもわからないまま、とりあえず来てみたので」

「ふーん。まあ、そういう学生も多いわよ。千里の道も一歩からって言うしね。いいんじゃない」

　思いがけず肯定してもらえたので、救われた。

「猪之原さんはどうしてここに？　就職課のお仕事もされてるんですか？」

「忙しい時期だけね──とはいえ頼れるわよ、私は」

　しれっと言うと、猪之原さんは抱えたバインダーを見下ろし、また僕の顔を見た。

「今日、バイトは？　休み？」

「いえ。午後から入ってます」

　ふーん、と猪之原さんは腕時計に目を落とす。

「──このコピーが終わったら、少し時間が取れるわ。よかったら、やりましょうか？」

「やるって、何を？」

「就活の個別相談よ。エントリーシートの書き方、面接のアドバイス、企業研究のやり方等々。あなたのバカさ加減や幼稚さを知ってる私が相手なら、愚問珍問もどしどしぶつけられるでしょう?」

にこりともせず言い放つ。これでも猪之原さんは僕を心配してくれているのだ。そう信じて、素直に「お願いします」と頭を下げた。

就職課の中に入り、企業名を記したファイルがたくさん並んだ大きな書棚や、列ができている就活の個別相談コーナーにおののきつつ待っていると、猪之原さんは十五分ほどで戻ってきた。

僕の姿を見つけるやいなや、顎でくいと外を指す。そのままドアに向かって引き返していく猪之原さんの背中に、あわてて声をかけた。

「あ、あの、個別相談は?」

「するわよ」と言って振り向くと、猪之原さんは鼻にしわを寄せる。

「就職課の机を挟んで向き合うより、外の空気を吸いながらの方が話しやすいんじゃないかと思って――」

僕は猪之原さんに促されるまま、中央広場へと向かった。

三月はじめのこの時期は、広場の噴水の水飛沫《みずしぶき》が寒々しく映る。新学期になれば常にカップルで埋まっているベンチも、半分以上空いていた。僕と猪之原さんは、噴水をちょうど真横から見る形となるベンチに並んで腰掛ける。左耳が聞こえない猪之原さんは、僕の左側に座った。と思ったらすぐに立ち上がり、広場の端にある自動販売機まで駆け足で往復する。

「どうぞ」と渡されたのは、小さなペットボトルに入った、あたたかいお茶だ。

「ありがとうございます」

受け取った瞬間、かじかんでいた指先に血が通う。僕がお茶を一口のむのを待って、猪之原さんは単刀直入に切り出した。

「就職先に対する希望は、何かある？　業種でも職種でも定休日の日数でも、何でもいいわよ。希望がないなら、ないなりのアプローチを考えるし」

「希望――」

「うん。言ってみて」

「〈金曜堂〉とそこで働く書店員達、利用してくださるお客様達、彼ら全員を幸せにできる仕事が、僕はしたい――です」

長い間があった。その間ずっと、猪之原さんは僕の目を見つづけ、僕も目をそらさなかった。やがて噴水が勢いよく噴き出したのをきっかけに、猪之原さんが息をつく。

「なるほど。あなたという人間を知らなければ、〝夢みたいなこと言ってんじゃないわよ〟と一喝したところね」

しおしおとうなだれる僕を励ますように、猪之原さんは「でも」と声を大きくした。

「私はあなたを知っている。話をつづけましょう。要約すると、あなたはあの駅ナカ書店〈金曜堂〉を守りたいと思っている。そういうことでオーケー？」

「守りたい」という言葉に、僕の心が動いた。

「オーケーです！　はい、そういうことなんだと思います」

「それは、あなた一人でできることなの？」

僕は言葉に詰まり、だけど腹に力を込めて無理やり口をひらく。

「まずは、一人でできることを探そうと思っています。銀行員、証券会社の営業、弁護士、経営コンサルタント、デイトレーダー、金融アナリスト――どんな職業に就けば一番確実に守れるのか、考えているんです」

猪之原さんは自分のお茶をごくごくとのみ、ペットボトルを頬にあてて暖を取った。そして言う。

「個人的な話をするわね。私は自分――というか自分の価値基準や生活スタイルを守れる就職先を探したの。生きがいと直結する仕事はお断り。人に合わせないと立ち行かない仕事はお断り。思ってもいないことを言わなきゃいけない仕事はお断り。誰かとつるまないと円滑にまわらない職場はお断り。私が私のままでいられるように――って、けっこうわがままよね？」

チャンドラーの愛読者で〝マーロウみたいに生きたい〟と常々願っている猪之原さんら

しくはあったが、就活生の希望としてはわがままな部類に入るだろう。僕は正直に「です
ね」とうなずいた。猪之原さんは複雑な照れ笑いを浮かべる。
「私も今、学生に〝そんな仕事はありますか？〟って聞かれたら、〝ない〟と答えるわ。
でも、大学四年だった当時の私は、必死に就活をした成果として、ちゃんとそういう仕事
を〝見つけられた〟のよ。大学職員という仕事こそが、理想の職業だと信じられた、実際
に働きだすまでは」
「いざ社会人になってみたら、理想と違う部分も多かったってことですか？」
「そう。それが現実ってものでしょう？　ただ、就活に掛け値なしの全力で取り組んでや
っと見つけた仕事だもの。理想と現実の誤差は、自分の努力と経験で埋まるものがほとん
どだった。おかげで、今もストレスをさほど感じることなく働けてる」
「幸せですね」
僕は心から言う。猪之原さんは、彼女をよく知らない人が見れば怒っているように見え
る表情のまま、「ありがとう」と返した。
「だからね、あなたも他人からどんなに絵空事だの夢物語だの言われても、心にある今の
希望を根っこにして就活にのぞむべきだと思う」
「はい！」
力一杯うなずいた僕を見つめ、猪之原さんは小さく息を吸い込んだ。

「じゃ、ここで現実的なアドバイスも一つ。あなたの就活の第一歩は、就職課でもOB・OG訪問でもエントリーシートでもセミナーでもインターンシップでもない。書店よ」

「書店？」

猪之原さんは重たげな黒髪をぱっと後ろに払った。

「そう。自分の知っている〈知海書房〉や〈金曜堂〉以外の書店に行ってみなさい」

「行って——どうするんですか？　働かせてもらうとか？　話を聞かせてもらうとか？」

「まずは、行ってみるの。そこでよく見て、聞いて、考えて、動けばいい。拙《つたな》い計画は姑《こ》息《そく》な計算と紙一重よ。くそ食らえだわ」

「マーロウの言葉ですか？」

「猪之原寿子の言葉です」

「タフだなあ」

僕の言葉に声をあげて笑い、猪之原さんはベンチから立ち上がる。

「中にいると、わからないことも多いものよ。検討してみて」

〝中〟とは〈金曜堂〉の中ということだろう。僕も腰を浮かし、頭を下げた。

「ありがとうございました」

低くなった目線の先、猪之原さんの薬指に指輪がかがやいていることに気づく。

「あ、もしかして瀬見《せみ》さんから？」

猪之原さんはぱっと手を後ろに隠し、別人のようにへどもどして答えた。

「クリスマスにちょっと――深い意味はないのよ、たぶん」

「そんなはずないでしょう」

去年〈金曜堂〉を巻き込んですったもんだあった瀬見兼人《けんと》さんとの仲は、どうやら順調に進展しているらしい。僕は胸がいっぱいになって、もう一度言ってしまう。

「幸せですね」

「――ありがとう」

猪之原さんの返事も同じだったが、さっきと違って、その頬ははっきりと赤らんでいた。

＊

終日のアルバイトが連続で入っていたため、週のはじめに猪之原さんからもらったアドバイスを実行できないまま、木曜日になってしまった。

〈金曜堂〉では三月の後半からはじめるフェアをどうするかで、連日、書店員達が熱い議論を戦わせている。

「今年の春は絶対、〝さよならだけが人生だフェア〟で決まりだ。出会いの四月にこそ、このフェアなんだよ！　なっ？　痺《しび》れんだろコラ」

「どこが？　なんだか寂しげなフェアじゃない？　四月早々、五月病になっちゃいそうな――」

眉を八の字にして腕を組む槙乃さんに、ヤスさんは金髪を逆立てた。

「ちげーよ。そりゃ解釈の違いだ。この言葉はよぉ、于武陵《うぶりょう》の漢詩『勧酒』の訳――というか、もはや超訳と呼んでいい井伏鱒二《いぶせますじ》の言葉で――」

「《コノサカヅキヲ受ケテクレ／ドウゾナミナミツガシテオクレ／ハナニアラシノタトヘモアルゾ／「サヨナラ」ダケガ人生ダ》でしょ？」

「『厄除《やくよ》け詩集』収録」

槙乃さんがさらりと暗誦《あんしょう》すると、すかさず栖川さんが付け加える。ヤスさんは何度もうなずいた。

「そうだよ。その詩だよ。〝さよなら〟のインパクトが大きすぎて、南は寂しいイメージで捉えてるみたいだが、俺の解釈はこうだ」

ヤスさんはそこでいったん咳払《せきばら》いすると、奥目をみひらき、僕らの顔を睨《ね》め回した。

「花が咲いても、すぐに嵐で散ってしまうような儚《はかな》さが、人生にはある。人との関係だって、どれだけ苦労して育み、熱く濃く付き合っても、〝さよなら〟であっさり終わって過去になっちまうもんだ。だけど、だからこそ、今、酒を酌み交わしている相手やその人との時間を大切にしようぜ」

「一期一会？」

栖川さんが食器を拭きながら青い目を光らせる。ヤスさんは嬉しそうに指を鳴らした。

「そう、それだ！」

槇乃さんが腕組みを解く。その大きな目がきらきら光りだしたかと思うと、チャーミングとしか言いようのない笑顔が浮かんだ。

「そういえば寺山修司《てらやましゅうじ》さんが、井伏さんのこの詩を受けて『幸福が遠すぎたら』という詩を書いてた。全部は憶《おぼ》えてないんだけど——《さよならだけが／人生ならば／人生なんかいりません》ってところが印象的だったなあ。ヤスくんの解釈でいくと、この詩もまた違った面が見えてくるね」

どうやら納得したらしい槇乃さんは、僕らを見回し、はきはきと告げる。

「じゃ二十日くらいまでに、〝さよならだけが人生だフェア〟に出したい本を、みんなでまとめましょう」

盛り上がる三人を見て、めっきり感じなくなっていた疎外感のようなものが、久々にぴりっと染みる。

槇乃さん、ヤスさん、栖川さんは、書店員という職に就いた。

とぐろを巻くような無数の悪意——その多くは不特定多数の顔の見えない人間が悪意とも気づかず捲《ま》き散らしたもの——にジンさんが殺され、自分達も脅かされた結果、生きるための切実な手段として、本屋をひらくしかなかったのだ。いわゆる就活とは違う。

そんなはじまり方をした〈金曜堂〉は、ヤスさんの実家〈和久興業〉からの援助と庇護《ひご》、槙乃さんの本にまつわる超人的な嗅覚でもってこれまでやって来たし、これからもやっていくのだろう。けれど言ってみれば、大海に漕《こ》ぎ出した筏《いかだ》だ。嵐が来たら一発でひっくり返り、沈没しかねない。

楽しそうに喋《しゃべ》っていた槙乃さんがとつぜん僕に振り向き、首をかしげた。

「倉井くんも、三冊くらい選んでもらえますか？」

「え？」

僕があわてて眼鏡を押し上げると、槙乃さんはヤスさんと栖川さんにちらりと視線を走らせてから、困ったような微笑《ほほえ》みを浮かべる。

「ですから、〝さよならだけが人生だフェア〟に並べる本の候補です。三冊ほどタイトルを挙げてもらえると助かります。あ、もちろん、三冊以上でも全然かまわないんですけど」

「あ、はい――」

僕の声のトーンが低いことに気づかない槙乃さんではない。すかさず微笑みを笑顔に変えて、付け足した。

「大変なら、今回の選書作業は私達三人で分担します。倉井くんはアルバイトなんだし、無理しなくていいですよ」

槇乃さんが善意で言ってくれた「アルバイトなんだし」という言葉にうっすら傷つきながら、僕は眼鏡のつるをいじった。

「実は最近、本を全然読めてなくて――」

「そうなんですか？　もしかして、お父様に何か？」

槇乃さんが両手をぎゅっと握り合わせる。僕はあわてて首を横に振った。

「あ、違います。違います。父は元気――というか現状維持です。ひとまず心配はありません」

「じゃ、別の心配事だろ？　坊っちゃんバイトが泡食って、本なんか読んでる場合じゃねーってなるのは、あのせいだよな？」

ヤスさんがしたり顔で尋ね、槇乃さんは「あのせいって、どのせい？」と首をかしげる。

僕は正直に打ち明けることにした。

「就活のせい、です」

言ってから、すばやくみんなの顔をうかがう。栖川さんとヤスさんの表情に変わりはない。でも槇乃さんは表情が不自然に固まってしまっている。驚いたことが丸わかりだった。

「倉井くん、就活はじめたんですか？」

「はい。報告が遅くなってすみません」

「いえいえ、謝らないでください。春から大学四年生になるんですもんね。人生の岐路ですもんね。了解であります。えっと——そうだ、ヤスくん。倉井くんのシフトを——四月のシフトを調整しないとね。いや待って。何なら三月の残りのシフトもなるべく減らして、就活に影響のないよう——」

天井に突き刺さりそうな高い声でまくしたてる槙乃さんを見かねたように、ヤスさんが前に出た。そして、ごく軽い調子で僕に言う。

「大変なら、いったん辞めてもいいぞ、バイト」

思いもよらない提案に、僕は一瞬息ができなくなった。胸がぺしゃんこに潰れたかと思った。

「内定取ったら、また戻ってくりゃいいんだ」とヤスさんはつづける。それが僕に負担をかけまいとする思いやりであることはわかったけれど、耐えられなかった。僕は大きく首を横に振って叫んでしまう。

「いいえ、辞めません。バイトは辞めたくないです。クビにしないでください」

「倉井くんをクビになんてしませんよ、絶対」

少し落ち着いたのか、槙乃さんがいつもの声の高さに戻って、僕をなだめた。

その時、自動ドアのあく音と共に「ぬぉっ、あいたっ」と大仰な声があがる。書店員全員の視線が声のした方に集まると、一人の男性がぎくりと立ち止まった。

「あ、どもども。閉店の札はかかってたけどさ、ドアはあいたし、中にみんないるのが見えたし、で、入ってきちゃったよ。マズかった？」

猫のように丸っこい吊《つ》り目の男性が、悪びれた様子もなく頭を掻いている。秋に知り合って以来、野原町の実家に帰ってきた時は必ず〈金曜堂〉にも顔を出してくれるお客様、太宰士《だざいおさむ》さんだ。

「マズイに決まってんだろうがコラ」

言葉とは裏腹に嬉しそうな顔をして寄っていくヤスさんを筆頭に、書店員全員で太宰さんを囲む。猫目、食べ物を詰め込んだハムスターのような頰、むっちりした二重顎、ライトダウンがぴちぴちになっている腹周りといった、ゆるキャラに近い外見をした太宰さんは、愛想はないのに愛嬌《あいきょう》があり、みんなを和ませてくれる。今は特に、僕の就活をめぐって多少微妙な空気が流れていたため、槙乃さんもヤスさんも、そしてきっと僕も、どこか救われたような顔になっていた。

「悪いね、オーナー殿。今日はさー、種イモの仕入れに付き合わされてたのよ。あの人、お手伝いパスを乱用しまくりのすけですよ。荷物持ちだけしてとっとと帰ろうと思ったのに、晩ごはん食ってけってうるさいし――」

文句を言いつつ、太宰さんのぷくっと膨れた頰は満足げに緩んでいる。「あの人」とは太宰さんの母親、実彩子《みさこ》さんのことだ。実彩子さんの再婚によって一時切れかかっていた母と息子の交流の糸も、どうやらまた太くなりつつあるようだ。

「帰りの電車読書用の本が欲しいのか？」

「そうです。そうです。さすがオーナー殿！『異世界でスキルを解体したらチートな嫁が増殖しました 概念交差のストラクチャー』シリーズの最新刊ないかなあ？ ここの地下書庫にならありそうだよねえ？」

『異世界でスキルを解体したらチートな嫁が増殖しました 概念交差のストラクチャー』最新刊なら、フロアに出てますよ」

槇乃さんは長いタイトルを嚙むこともなく言ってのけ、太宰さんを書棚の一角に案内する。お目当ての本を見つけ、太宰さんの猫目が細くなった。

「おおきに、店長殿！ これで東京砂漠に戻る列車内がパラダイスでっせ」

上機嫌でなぜかエセ関西弁を操り、太宰さんは僕に「会計おねがい」と本を渡す。

表紙には、すらりとした男子の周りに、いろいろな髪色の女の子が集っているイラストが描かれていた。太宰さんはブレることなく、かわいい女の子が出てくるライトノベルを買いつづけている。僕は何だか感動すら覚えて、レジに向かった。

あとからついて来た太宰さんが「この主人公、ちょっと俺とカブるんだ」と言う。僕は思わず太宰さんのぱさついた茶髪を見つめてしまった。

「カブる——？」

「あー。やだな、倉井氏。外見じゃないよ。外見なわけないでしょ。二次元大好きな俺だからこそ、そのあたりの冷静かつ客観的な目は持っているんです」

胸を張って言いきると、太宰さんはレジに表示された代金を一円単位まできっちり揃えて出した。

「カブるってのは、主人公が現実世界でブラック労働に勤《いそ》しんでるところだよ」

「太宰さんのお仕事、ブラックなんですか？」

「うんうん。そりゃもうブラック。真っ黒。もうね、漆黒の闇」

若干楽しげに聞こえるのは気のせいだろうか？　車内ですぐに本を広げるであろう太宰さんのために、ふだんは〈金曜堂〉のカバーの上からつける輪ゴムをせずに、袋に入れた。

「ブラックな仕事を辞めようと思ったりはしないんですか？」

「今の時代、転職しても、大なり小なりブラックだろうしなあ」

「そんなこと――」

ないでしょうと言いかけた僕の目を見て、太宰さんは二重顎をさする。

「それにね、俺もう、転職してる時間ないんだわ」

「どういう意味ですか？」

「ほら、あの人の――つうか、そもそもは太宰のおっさんの持ち物だった、芋やその他もろもろの畑ね。あれをぼちぼち引き継ぐ準備をはじめないといけない」

「え。太宰さん、野原町に戻ってくるんですか？」

「すぐじゃないよ。そのうちね。ただ、心づもりは最初からしてあんの。それこそ就職する前、大学生の頃から何となく、ゆくゆくは太宰のおっさんの畑を継ぐことになるかもなーって」

太宰さんの意外な就職話に、僕は本の入った袋を渡すのも忘れて聞いてしまう。

「そんな気持ちがあるのに、どうして最初から農業を志望しなかったんです？」

「そりゃあれだよ。遠いところからの方が逆に見えるものもあるかと思って、あえて畑とは全然関係ない仕事を選んでみたわけ」

あけてびっくり、ブラック会社だったけど、と自嘲するように言ってから、太宰さんは手を突き出す。僕はあわてて袋を渡しつつ、同じような言葉を誰からか聞いた気がして懸命に思い出そうとした。

「そんじゃまた」

「ありがとうございました」

レジの僕に手を振ったあと、太宰さんは喫茶スペースで話し込んでいる槇乃さん達にも「お邪魔しました」と声をかけて、出ていく。そのむっちりした背中を見ていたら、ようやく記憶がよみがえってきた。

「渚くんだ」

思わずつぶやく。正確には、子役をこの春で引退する決断をした渚くんに対し、マネージャーの板橋さんがかけたという言葉だ。

——離れると、大事なものが見えてくるよ。

親の都合ではじめた芸能活動から離れ、肩書きを〝学生〟だけにして過ごす毎日の中で、あらためて演技がしたいと思ったら、今度は自分の意志で俳優を志せばいいと、彼女は言ったらしい。

〝離れると、見えるもの〟は言いかえると、猪之原さんが語っていた「中にいると、わからないこと」なんじゃないだろうか。あと少しだ、と僕は思った。あと少しで就活の鍵にぴったりの鍵穴が見つかりそうだ。

レジの中でぼんやり立っていた僕の前に、槙乃さんがやって来る。

「倉井くん。レジ締めは、私がやります」

あ、お願いします、と体をかわしながら尋ねた。

「南店長、僕は今、どんな本を読めばいいんでしょうね？」

その質問が口から飛びだし、ようやく自分がどれだけ読書に飢えていたか気づく。気持ちが現実に急《せ》かされて、とても読む気になれなかったのも事実だけど、だからこそ、心は本を求めていた。物語を読むことで広がる想像力を欲していた。物語から鍵穴を見つけるヒントがもらえたら、と願っていた。

まさに本の海で溺れかけ、浮き輪を投げてもらうのを待っている僕に、しかし槇乃さんはレジ締めの手を止めずに言った。

「申しわけありませんが、私にはお答えしかねます」

「え」

絶句した僕に向き直り、槇乃さんはふわりと微笑む。

「それより、お家《うち》や〈金曜堂〉のロッカーに、まだ読めていない本が積んであるんじゃないですか？」

「あ――はい」

かくんとうなだれた僕にうなずき、槇乃さんはやさしく投げかけた。

「それをまず、読んでみたらいかがでしょう？　自分が〝読みたい〟と思って買った本なのだから」

「――そうですね。はい。そうしてみます」

僕もうなずき、デイパックのポケットの中に入れっぱなしの文庫本を思い出す。槇乃さんは切り替えるように、手をぱんと打ち鳴らした。

「じゃ、本日の営業はこれにて終了ってことで。倉井くん、おつかれさまでした。明日はバイトお休みでしたよね？」

「はい。すみません」

「全然すまなくなんかないですよ。就活がんばってきてください」

槙乃さんはにっこり笑って、親指を立ててみせた。

＊

金曜日の朝は、久しぶりに徹夜して迎えた。ずっと読めずにいた本を一気読みしたせいだ。読書が習慣になってもうすぐ一年、読むスピードがずいぶん速くなった気がする。

窓の低い位置から差し込んでくる太陽の光を避けるように寝返りを打ち、読み終えたばかりの文庫本をあらためて眺めてみる。

『誕生日の子どもたち』という邦題がついたこの本の中には、六つの短篇が収められていた。装幀《そうてい》はナイーブそうな白人の青年が被写体となっている写真だ。自分に向いたカメラのレンズを用心深く見つめているこの青年が、作者のトルーマン・カポーティ自身であることは、さっきネットを検索して知った。

訳者あとがきによると、カポーティは大人になっても、《少年や少女の無垢《むく》さ＝イノセンス》を《手つかずのまま抱え込んでいる人》だったらしい。そんな情報を踏まえて装幀の写真を見直すと、青年の表情はいかにもカポーティって感じがする。

カポーティと彼の物語のことを考えているうちに眠ってしまい、次に目を覚ました時には、もう昼近い時間だった。窓の外の太陽も高い位置にのぼり、部屋中に光が満ちている。

僕は地元のFMラジオを聴きながら顔を洗って、髪を梳《と》かし、青いストライプシャツにカーディガンを羽織り、ブラックデニムを穿いた。最後に、三月の北関東ではまだまだ重宝するダッフルコートを着込んで家を出る。

駅で十五分ほど下り電車を待つ間にもう一度、特に好きな短篇「クリスマスの思い出」を読み返す。顔を上げると、ホームにやわらかい陽射《ひざ》しが落ちていて、その光の薄さと明るさ加減に春の兆しを見た。

野原駅を通り過ぎ、次の雪平駅で電車を降りる。はじめて下車する駅だ。父さんの話から想像していた以上に人の姿があって、圧倒された。人々の足が向かう先は主に雪平モールで、僕の今日の目的地もそこだった。

途中、モール内のカフェで朝昼兼用のごはんを食べ、すっかり体があたたまった僕は、ダッフルコートもカーディガンも脱いで手に持ち、青いストライプシャツのままエスカレーターで最上階に上がる。目指す店はすぐ目に飛び込んできた。〈ブック宗林　雪平モール店〉だ。

フロアの半分という巨大な面積を有する書店の売り場には、大きな棚がずらりと並び、本もしっかり分類されている。文庫本と単行本それぞれに新刊コーナーが作られた上で、テレビや新聞で紹介された本コーナー、映画やドラマの原作コーナー、文学賞受賞作コーナー、さらに各売り場の担当ごとにおすすめコーナーもあった。ここに来る電車の中で調べたところによれば、〈ブック宗林〉は各店あえて似たような広いワンフロアを売り場とし、陳列方法もなるべく統一してあるらしい。〝どこでも、あなたのブック宗林〟というキャッチフレーズそのままに。

〈ブック宗林〉の書店員達に目を移すと、エプロンをつけていなかった。その代わり、青いストライプシャツが制服となっているようだ。下は色だけ黒と決まっているらしく、女性書店員はパンツの人もスカートの人もいた。

知らなかったとはいえ、青いストライプシャツにブラックデニムを合わせた今日の僕の格好は、まんま〈ブック宗林〉の書店員で、恥ずかしい。せめてカーディガンを羽織ろうと立ち止まった瞬間、後ろから「すみません」とかわいらしい声がした。

振り返ると、僕の異母妹の双子ちゃん達よりは大きいが、まだ小学校に上がってはいないくらいの年頃の女の子が立っている。フード付きの真っ赤なポンチョがよく似合っていた。

「はい？」

「あのね、本を探してるの」

「はい」

「しよていいんさんも探してくれる？」

「書店員」がまだきっちり言えないようだ。僕は自分の服を見下ろし、微笑んだ。

「ごめんね。僕はここのお店の書店員じゃないんだよ」

「しょていいんさんじゃないの？　しょていいんさん、どこ？」

「どこかなあ」と見回したが、レジの担当は行列をさばくので精一杯みたいだし、だだっ広いフロアに点在する書店員はそれぞれの仕事で手が離せないようだ。どこもぎりぎりの人手でやっているのだなと、実感させられた。

手の空いた書店員が通りかかるまで、ひとまず僕が話を聞こうと心に決める。女の子の目線に合わせ、フロアの床に片膝をついた。

「お家の人は？　いっしょじゃないの？」

「いっしょじゃない。一人で来た。もうお姉ちゃんだもん」

僕の質問に、女の子は心外そうに胸を張ってみせる。近所の住宅地の子供だろうか。僕は「そっか」とうなずき、本題に入った。

「それで、探してるのは何て本かな？　本の題名はわかる？」

「せなかのきろく！」

「〝背中の記録〟？　それが本のタイトル？」

女の子が力強くうなずいたので僕は立ち上がり、書棚の脇に置かれていた検索機の前に移動する。たとえタイトルしか知らなくても、これがあれば著者や出版社の情報がわかるし、店内のどの棚に入っているかも示してくれる。店舗スペースが小さな〈金曜堂〉にはない機械だった。

さっそくタイトルの欄に〝背中の記録〟と入力してみたが、ヒットしない。後ろをついてきていた女の子が背伸びして、「本、あった？」と無邪気に聞いてきた。

「んっと――ちょっと待ってね」

もう一度検索しても結果が同じだったことから、今度はスマホを取り出し、こちらでも調べてみる。すると、そもそもそんなタイトルの本は存在していないことがわかった。

僕が向き直り「タイトルが違うんじゃ？」と言いかけると、女の子は顔を真っ赤にして叫ぶ。

「ちがくない！　絶対あるもん」

その剣幕に、書店にいたお客様の目が集まってきた。まいった。僕が泣きたい気持ちになった時、「あらあら」とのんびりした声が響く。

「どうかなさいましたか？」

包み込むように尋ねて、僕と女の子の前に立ったのは、背の低い中年の女性書店員だった。引き締め効果のあるストライプシャツを着ても、体つき全体が丸々としている。丸顔がさらに丸くなってこぼれる朗らかな笑いには、明るく健やかなエネルギーが漲《みなぎ》っていて、向き合う相手をおおいに安心させてくれた。

女の子から僕に視線を移した女性書店員は、「あら」ともう一度のんびりした声をあげる。

「あなた、〈金曜堂〉の方じゃありません？」

「え」

唐突な指摘に、僕は目をしばたたいた。目の前の女性書店員としっかり見つめ合い、ようやく思い当たる。

「もしかして、バレンタインフェアの時の——」

「ええ。あの日は閉店後だったのに、親切にご対応いただき、ありがとうございました」

彼女は先月のはじめ頃、仲間とも呼べない連中に脅されたか、そそのかされたかで、〈金曜堂〉の本を万引きしかけた男子学生のフォローをしてくれたお客様だった。

「申し遅れました。〈ブック宗林　雪平モール店〉店長の宇賀神《うがじん》と申します」

「あ、〈金曜堂〉の倉井史弥です。といっても、アルバイトなんですけど」

「うん。見てれば、わかる」

店長と聞いてかたくなった僕の口調を、宇賀神さんは笑い飛ばした。そのまま笑顔を女の子に向け、「それで」と口をひらく。

「どうされましたか？」

「せなかのきろくを探してんの」

僕が今までの経緯を——〈ブック宗林〉の書店員に間違われたことも含めて——小声で説明している間、宇賀神さんは一度も女の子から視線をはずさず、微笑みつづけた。そして、僕の説明が終わると同時に屈《かが》んで女の子と視線を合わせ、意外な質問をする。

「その本は、誰が読みたい本ですか？」

「ママだよ」

「どうしてママはいっしょに来なかったの？」

女の子はうつむき、「今、お家にいないから」と言った。

「お家には、ばあばが来てる。ママは病院。もうすぐ赤ちゃんが生まれんの。たいくつだって言ってたから、ママが読みたい本を病院に持ってってたげるの」

「あら。やさしいのねえ」

宇賀神さんはもともと細い目をますます細くして微笑んだ。

「だって〝もうお姉ちゃんだね〟って、パパもママもばあばも言うもん」

拳《こぶし》をぎゅっと握りしめてそう言った女の子を、僕は見下ろす。

最初に聞いた「もうお姉ちゃんだもん」という言葉に、女の子のそんな覚悟がこもっていたとは——僕はまるで気づけなかった。

宇賀神さんは女の子に「ちょっと待っててね」と言い残すと、書棚の向こうに消えた。

少しして戻ってきた宇賀神さんの手には、一冊の文庫本が握られている。タイトルは、

「ママが読みたい本は、これじゃないかしら？　せなかのきおく。もし違ったら、交換するから、また持ってきてね」

『背中の記憶』。

「背中」で検索をかけたら一番近い音のタイトルがこの本だったと、宇賀神さんは僕の耳に口を寄せてささやいた。

女の子はおそらくはまだ読めない漢字だらけの表紙を見ていたが、満足げにうなずく。

「そう！　ママ、言ってた。せなかのきろくが読みたいなーって！」

女の子は『背中の記憶』を胸に抱いたままバックヤードに通され、警察を介して連絡を受けた祖母が飛んでくるまで、そこで僕を遊び相手にしてご機嫌に過ごした。

祖母に手を引かれて帰る女の子を宇賀神さんと見送ってから、僕は気になっていたことを思いきって尋ねてみる。

「あの子が読みたい本を選んであげた方が、よかったんじゃないでしょうか？」

「どういうこと？」と宇賀神さんが丸い顔をゆったり上に向けて、僕を見る。

「いや、何だかあの子、ずいぶん無理してるようだったから。お母さんが今度家に帰ってくる時は、妹か弟が生まれているんですよね？　〝もうお姉ちゃん〟だからって我慢する機会がますます増える気がします。だったらせめて今日は、自分がお母さんに読んでもらいたい絵本なり児童書なりを選ばせてあげなくてよかったのかなって――」

宇賀神さんは丸い頬を指で揉むようにおさえていたが、僕と視線が合うと二重顎をぐっと引いた。

「彼女が〈金曜堂〉に本を買いに行ったら、そうなっていたんでしょうね」

「え」

「〈金曜堂〉はお客様の希望だけでなく、その裏にある思いまで汲《く》み取る手間を惜しまない書店ですから。そして手間をかける時間の余裕もありそうですから。さすが『読みたい本が見つかる本屋』って噂されるだけはあるわ」

「でも、宇賀神さんだってバレンタインフェアの時は、見知らぬ男子高校生にあんなに親身になって――」

「あれこれ想像して、手間暇かけて、自分的に最上と思える応対ができたのは、私があの時はただの客だったからですよ。書店の看板を背負っていないし、そもそも時間があった」

僕の言葉を引き取って、宇賀神さんは丸い肩をすくめる。

「〈金曜堂〉の人達から見れば、ものたりない対応に見えるかもしれないけど、私は――というか〈ブック宗林〉という書店は、お客様の希望を叶《かな》えることが仕事だと思っています。ウチはチェーン店で、品揃えに無難を求められる中堅書店です。割ける人員と人件費のバランスを取った上での誠実な対応は、お客様が望まれたことを短時間で可能な限りこなす——これしかないですから」

僕はレジに向かうお客様の列が途切れないフロアに向き直り、はっきり言う。

「ものたりないだなんて、思ってません」

ここに来てから今まで僕が見たのは、〈金曜堂〉の何倍も忙しい店内で、槇乃さんに負けない笑顔と敏捷《びんしょう》さで、本とお客様の間を走り回っている書店員達ばかりだった。

僕に倣《なら》って体の向きを変え、お客様に目をとめると、宇賀神さんは静かな声で言う。

「私からすると、〈金曜堂〉さんは奇跡の書店よ。だからこそ、唯一無二。どこも真似《まね》できないし、真似ちゃいけない。普通の書店であのやり方をすると、店も書店員も潰れちゃいますから」

黙って見返す僕の目を覗き込み、宇賀神さんはひらりと話題を変えた。

「ところで、どうして今日はウチの店にいらっしゃったの？」

「就活の一環です」

僕の告白に、宇賀神さんは丸い体を弾ませ、身を乗り出す。

「あらら、そうだったの？　あなた、書店に就職する気？」

「はい。書店員を一生の仕事にしたいと思っています」

鍵を差し込むのにぴったりの鍵穴をやっと見つけた僕は、胸を張って答えた。

＊

雪平駅から乗った上り電車を、野原駅で降りた。すでに明かりのついたホームを白い息を吐きながら歩く。階段を昇り、跨線橋を渡りはじめると、駅ナカ書店〈金曜堂〉が見えてくる。臨時列車のダイヤがある金曜日は、そろそろ閉店時間のはずだけど、まだお客様の気配があった。

僕は跨線橋の端で最後のお客様が帰るのを待って、喫茶スペース側の自動ドアへ向かう。閉店の札を提げようとしていたヤスさんに「おつかれさまです」と声をかけた。

「おぅ。何だ？　忘れ物か？」

「えっと――はい。そんなようなものです」

僕の返事に、ヤスさんは何か察したのだろう。鼻を鳴らして、にやりと笑う。

「生意気になりやがったなあコラ」

僕は笑って頭を下げ、中に入れてもらった。

バーカウンターで包丁を研いでいた栖川さんが、僕を見つけて動きを止め、包丁を持ったまま手招きする。

「な、何ですか？」

おそるおそる近づく僕に、かちかちに凍ったカップのバニラアイスと木のスプーンが二つずつのったトレイを突き出した。

「あげる」

「二つも？」

「南と食べて」

長い前髪の下で、涼やかな青い目がきらっと光った。僕が槇乃さんの姿を探してフロアに目をやると、「地下書庫でフェア用の本を物色中」と美声が追ってくる。

「ありがとうございます」

僕はトレイを持って、バックヤードへと向かった。

バックヤードの床についた把手《とって》を引き上げ、地下貯蔵庫のような入口をくぐる。足に触れるのは、固いコンクリートの階段だ。真っ暗なそこを降りるため、懐中電灯の明かりに頼る。足音が何重にも響き渡り、たくさんの人に追いかけられている錯覚を起こす。

階段を何段降りるとか、何歩進んだら右に曲がるとか、体で覚えた地下書庫への道をあらためて辿《たど》りながら、僕は〈金曜堂〉にはじめて来た日のことを思い出していた。

あの春の日、僕はただのお客様で、本にも書店にも自分から距離を取っていて、父さんが読んでくれる本を探しに来た。それが結果的に、僕の読みたい本になった。〈金曜堂〉でなければ、書店でアルバイトをしようなんて思わなかった。南槇乃という店長と出会っていなければ、書店員の仕事に注目することはなかった気がする。

最後の長い階段を降りると、地下書庫の蛍光灯はすべてついていた。白っぽい光の下、幻の地下鉄ホームにずらりと並んだアルミ製の書棚を順に覗き、僕は槇乃さんを探す。

限りなく端っこに近い書棚の間で、槇乃さんはぺたんと床に座り込み、熱心に本を読みふけっていた。

「南店長」と声をかけると、髪を耳にかけて顔を上げる。そして大きな目をさらにみひらき、のけぞった。

「えっ、本物？」

「――本物の倉井です。ドッペルゲンガーでも幽霊でもありません」

「ごめんなさい。変なこと言って。今日はお休みだから、まさか会えると思ってなくて――混乱しちゃいました」

顔を赤らめる槇乃さんに、僕はトレイを掲げてみせる。

「栖川さんから、バニラアイスの差し入れです」

ここまでの移動時間と地下書庫の温かい空調のおかげで、もらった時は固すぎたカップアイスもちょうどいい具合に柔らかくなっていた。

「食べ頃だと思うんで、きりがよければ休憩しませんか？」

槇乃さんがまぶしそうにまばたきして僕を見上げる。眉の間がすっとひらき、口元に微笑みが浮かんだ。読んでいた本をとじてエプロンのポケットに入れると、埃《ほこり》を払って立ち上がる。

「きり、いいですよ」

僕らは書棚の隅に置かれたソファに並んで腰掛けた。作業や何かで徹夜する時、書店員達が仮眠を取ったりもできる大きなソファだったから、隣の槇乃さんにぶつかる気兼ねなどなく、ゆったりくつろぐことができる。それでも僕は背もたれを使わず、浅く座った。横を向くと、槇乃さんも膝を揃えてちょこんと腰掛けていた。

「食べましょうか？」

「食べましょう」

二人してカップの蓋《ふた》をひらき、バニラアイスに木のスプーンを入れる。僕は柔らかくなった端の壁からスプーンを差し込んで掘っていく食べ方だったが、槇乃さんはアイスの表面にスプーンを立てて何度も滑らし、薄く削いでは口に入れた。

「――本、何か読めましたか？」

カップを覗き込みながら、槇乃さんが尋ねる。

「はい。『誕生日の子どもたち』を読みました」

「ああ、カポーティの？　私もあの本、大好きです」

「知ってます。僕、〈金曜堂〉のサンタクロースフェアで買いましたから」

槙乃さんは「あ」の形に口をあけたまま、木のスプーンの上で薄く反り返ったバニラアイスを見つめた。僕は自分から話しだす。

「どの話も好きですが、ミス・スックとの日々が語られる『感謝祭の客』と『クリスマスの思い出』の二篇が特に心に残りました」

その二篇に共通する舞台と登場人物達は、訳者あとがきで紹介されるカポーティの幼少期をなぞっている。もちろん小説として発表したのだから、完全なノンフィクションではないだろう。つまりカポーティは自伝的要素を多分に含ませながら、単なる思い出話に終わらず、きちんとテーマのある短篇を書いたのだ。

「ミス・スックは、倉井くんの目にどんなふうに映りました？」

槙乃さんに聞かれ、僕は言葉に詰まる。

肉親の愛を知らぬ幼い主人公バディーは、遠縁の親戚の家に引き取られる。その家で暮らす《いちばん年下のいとこである六十代の女性》が、ミス・スックだ。年齢差を考えると、バディーの母親あるいは祖母代わりとなってもおかしくないが、大人社会でうまく立ち回れないミス・スックのナイーブさは、二人の関係を対等なものとする。

「話に出てくる彼女の言動やエピソードを読むかぎり、極端に繊細で内気で、だけど愛にあふれ、一番大事なことをちゃんと知っている誠実な女性だと思いました。だからこそ、バディーも彼女を《親友》と呼んだのだろうなって」

「そうなんですよね。家庭環境に恵まれないバディーは、イノセンスの塊のような彼女から、生まれてはじめて愛を教えてもらう――いえ、愛を浴びるといってもよいかもしれません。カポーティは作品の中にイノセンスの光と影をくまなく取り込む作家ですが、ミス・スックという存在だけは、どの作品でもぶれずに光そのものです。裏切らない。変わらない。濁らない。愛でありつづけるんです。そこが尊くて、私は救われます」

槇乃さんはそう言って、だいぶ溶けてきたバニラアイスを削ぐのをやめ、カップの真ん中にスプーンを深く差し込んだ。

「そうですね。二人の日々を書いたパートは、どれも輝いています。だからこそ、『クリスマスの思い出』の最後、バディーが寄宿学校に入ってからのミス・スックの日々を読むと、僕は複雑な気持ちになるんです。成長という変化を否応《いやおう》なく遂げていく《親友》バディーに対し、ミス・スックは馴染んだ環境や習慣を変えることが叶わない。いつもの暮らしから飛び出せない。やがて老いと共にいつもの暮らしが一人ではできなくなり、床に臥《ふ》せり、そのまま天に召されてしまう。バディーことカポーティは思い出の中のミス・スックを永遠に忘れず、類《たぐ》い稀《まれ》なる文才で小説の中にもう一度生き返らせますが、現実では無力でした。彼もまた、大人になってもイノセンスと決別できない側の人間だったからでしょう」

「――ミス・スックは不幸だったと？」

「いえ。彼女の心は安らかだったんじゃないでしょうか。あくまで読み手の僕自身がもどかしいだけです」

「もどかしい？」と槙乃さんが小首をかしげる。

「はい。イノセンスを守るには、力が必要だと思うから。誰一人としてその力を持てなかったからこそその刹那の輝きに満ちたこの小説は、今の僕にはとてももどかしかったんです」


僕は本を読みながら、何度も〈金曜堂〉のことを思い出した。就活に悩んでいる時期だということもあるけれど、高校の同級生達がかつての仲間の死から立ち上がり、生きていくためにはじめた書店〈金曜堂〉を、イノセンスに満ちたミス・スックみたいな存在だと捉えずにはいられなかった。

〈金曜堂〉だから、時に閉店後までお客様の本をいっしょに探せるし、採算を度外視したフェアを組めるし、赤字覚悟で在庫を確保できる。そういうところが、多くのお客様と書店員達自身を救ってきたのだと胸を張って言える。

ただ、ミス・スックの人となりを表す際、カポーティは《無垢さは手つかずで保たれていたのだが、同時に、そこまで完璧な悪意があるということを理解できなくなっていた。》と書いた。この《完璧な悪意》を〝深刻な出版不況〟に置き換えると、〈金曜堂〉とそこで働く書店員達に当てはまる。現実を知って変化を受け入れ、〈ｃｈｉｋａ ＢＯＯＫＳ〉

が雪平に進出した時に太刀打《たちう》ちできなければ、〈金曜堂〉に待っているのは「クリスマスの思い出」で書かれたミス・スックのような最期だろう。

〈ブック宗林〉の宇賀神さんの言葉を借りれば、今まで存続してきたのが〝奇跡〟である〈金曜堂〉が、五年後も十年後も〝奇跡〟でありつづけるために、嵐や大波から筏を守る力がほしいと思った。ミス・スックが亡くなってから、そのイノセンスを小説という形で再生させたカポーティもすばらしいけれど、僕は〈金曜堂〉が店をたたんでしまう前に、救いたい。力になって、〈金曜堂〉をよりお客様の集う店、離れない店にしたいと強く願う。

考えや思いが熱を持って頭の中をぐるぐる回っているせいか、バニラアイスの冷たさが心地よい。僕はスプーンをカップの中でせわしなく動かし、残りを一気に頰ばった。

「南店長」

「はい」

槇乃さんの目は僕を映し、さらに長細いホームに連なるたくさんの書棚と本を映す。

「僕は、〈知海書房〉でも〈金曜堂〉でもない書店に就職したいと思っています。その就職先を通して、本のことはもちろん、経営や集客方法、作業の効率化なんかも学んできます」

なるべく多くの書店で働いて、なるべく多くの書店員のやり方を学んで、なるべく多くの経験をして、早く一人前の書店員になりたい。ちゃんと力のある書店員になって、現場の人間として大好きな本屋を守るのだ。

槙乃さんはゆっくりまばたきをして、まだ半分以上残っているアイスのカップを、膝に置いた。

「ミス・スックは――バディーと過ごした日々の中で、ちゃんとわかっていたと思います。《「サヨナラ」ダケガ人生ダ》って。あ、ヤスくんの解釈の方で」

「一期一会を大切に？」

そうです、と深くうなずき、槙乃さんは僕に笑顔を向ける。

「就職活動、がんばってくださいね。応援してます」

そう言うと、あとはひたすらバニラアイスを掬《すく》っては食べ、掬っては食べ、を繰り返した。しまいにはむせてしまい、僕があわてて背中をさする。

「だいじょうぶですか？」

「ごめんなさい。冬のバニラアイスって甘さにやさしさが加わって、それでいて喉ごしがすっきりしてるので、私、大好きなんです。でも、ちょっと急いで食べすぎました」

えへへと照れくさそうに笑い、槙乃さんはエプロンのポケットから一冊の本を取り出した。さっき読みふけっていた本だろう。表紙に『厄除け詩集』と書いてある。

「春の〝さよならだけが人生だフェア〟の棚にはあえて並べませんけど、でも、倉井くんの春にはおすすめしたくて——よかったらどうぞ。贈ります」

「いいんですか？　ありがとうございます」

格調高い表紙の文庫本を抱きしめて喜ぶ僕を見て、槇乃さんは小さな声で謝った。

「倉井くんが必要としている時に、読みたい本を探せなくて、ごめんなさい。私、邪念が入りそうで、探すのが怖かったんです」

「邪念？」

意外な単語に驚いていると、槇乃さんはホームの先にぽかりと口をあけた暗闇を見た。

「倉井くんを〈金曜堂〉に引き留めたいっていう邪念が、本を選ぶ目を狂わせそうで」

「どうしてそんな——」

「いつのまにか私、倉井くんのいない〈金曜堂〉が想像できなくなっていました。頭ではわかっていても、倉井くんの口から〝辞めます〟って言葉を聞く日が来るのが怖くて——でも、そんなことじゃいけないんです。《「サヨナラ」ダケガ人生ダ》の心意気で、やっぱり倉井くんの門出を祝いたいと思い直しました」

明るくそう言いながらも、槇乃さんの薄い肩が震えているのを見て、僕は立ち上がる。

「僕は絶対にいなくなりませんから」

「え？」

「あっ、いや、その、就職でいったん〈金曜堂〉を離れることになったとしても、いつか一人前になって戻ってくるし、戻ってきたいし、槇乃さんのそばからは離れたくないっていうか、何ていうか――」

眼鏡を何度も押し上げた。必死すぎて文章がつながらない。「南店長」を「槇乃さん」と呼んでしまっていることにも気づけなかった。

僕は広い地下書庫をぐるりと見回し、書棚を埋め尽くす数多《あまた》の本の作者全員に祈る。

――僕に〝言葉〟を。

「つまり、これからどこに行ったって、僕は〈金曜堂〉を守るし、槇乃さんが好きです」

どうにか気持ちを伝え、かあっと耳まで熱くなってきていることを自覚しつつ、僕は槇乃さんを見下ろす。槇乃さんは肩の震えを止め、大きな目で僕を見上げた。

「倉井くん、ありがとう。あなたは私にとって、冬のバニラアイスです」

「え？　えっと、それって――？」

僕が固まるなか、槇乃さんはバニラアイスの最後の一口を頬ばり、ふふふと笑った。

ささやかで個人的な本の話④——あとがきにかえて

『金曜日の本屋さん』は第四弾にして季節がぐるりと巡り、完結の運びとなりました。フィナーレを一緒に飾ってくれた本達について、ささやかで個人的な話をさせてください。

佐野洋子『100万回生きたねこ』

子供の頃から本屋でたびたび見かけていた絵本です。いろいろな人のレコメンドを目にする機会も多かったけれど、読んだことはありませんでした。

縁遠かった一番の理由は、表紙のねこの目が何となく怖かったから——です。

なので、私がはじめて読んだ佐野洋子さんの本は、彼女の実母への複雑な思いを描いた小説『シズコさん』になります。ページをひらくたびこぼれ落ちてくるまっすぐな言葉、正直な感情に圧倒され、読み切ったあとは軽い虚脱感を覚えるほどでした。

読み終わってしばらく経《た》つと、今度は無性に『100万回生きたねこ』が読みたくなりました。短い文章で構成される絵本だからこそ、より強くて深い、結晶のような佐野さんの言葉と感情に触れられると思ったのです。

こうして私は長年怖いと思っていたねこの表紙の絵本を抱いて帰り、タイトルの意味も、お話の中でねこがどうなっちゃうかも、何も知らないまま読みました。読み終わるとまた最初のページに戻って、何度も、何度も、読みました。

今でも時折、本棚から引っぱり出して読んでいます。表紙だけ眺めて戻す時もあります。表紙のねこはもう怖くない。むしろ、あの強い眼差《まなざ》しに励ましてもらっている気がします。

北村薫『スキップ』

大学時代、落語にハマって寄席やホールに通っていました。

口をひらいて出てくる話題は、恋でもお洒落《しゃれ》でもなく落語――そんな青春を送る娘に、読書好きな（特にミステリーを好む）父が「落語家の探偵が出てくる小説があるよ」と教えてくれ、すぐに買い求めたのが、『空飛ぶ馬』です。ミステリーのおもしろさも味わいましたが、何より主人公の〈私〉の青春や若さといった時間を描く絶妙な文章に、〈私〉とほぼ同い年だった当時の私の心はぎゅっと摑《つか》まれました。

その数年後、北村さんが〝ミステリーじゃない小説〟を書いたと知って、喜び勇んで本屋に走りました。単行本の『スキップ』は厚くて重かったけれど、私は会社へ行く時も休日にお出かけする時も常に持ち歩き、隙あらば読み進めたものです。というか、ページをめくるのをやめられませんでした。予感――いえ、期待していた通り、この本の中では時間がより濃密に描かれ、胸に突き刺さる文章の角度も鋭くなっており、何度涙をこぼしたかわかりません。主人公のやわらかい心の震え一つ一つに、自分の心が共振し、今まで生きてきた道と、これから生きていく道がはっきり浮かび上がりました。

好きな本は数え切れないほどありますが、読んだ人がそれぞれ自分をなぞれる〝広さ〟を持つことが、小説としての凄《すご》みであり、小説を書く醍醐味《だいごみ》だと教えてくれた『スキップ』は、棺桶《かんおけ》に入れてほしい（あの世でも読みたい）一冊であります。

宮沢賢治『銀河鉄道の夜』

最初の出会いは、中学校の図書室でした。何となく借りて帰り、一度読んだあと、ノートに全文を書き写しました。

文章鍛錬的なことを目指したわけではありません。そんな建設的なことを考える中学生ではなかったんです、残念ながら。おそらく、ただただその文章の美しさ、きらびやかさに魅了され、自分の手で自分のノートに残したくなっただけでしょう。美しいビー玉を拾って、磨いて、ポケットに入れるのと大差はない行為だと、自分では思っています。

時は過ぎて二十歳《はたち》の夏。フランスに二ヶ月滞在しました。大学の専攻がフランス文学だったので、現地の語学学校に通ってみたりしたのですが、これがまあ、キツかった！　右を向いても左を向いてもフランス語だらけ（当たり前）。「二ヶ月くらい、原書読んで過ごせばいいじゃん」と日本から本を一冊も持ってこなかったことを、どれだけ後悔したかわかりません。「日本語の小説が読みたい」とうわごとのようにつぶやく私に、語学学校で知り合った日本人の友達が貸してくれたのが、『銀河鉄道の夜』でした。いやあ、沁《し》みましたね。宮沢賢治の文章を、読むというより目から吸い込みました。水を吸う砂漠のごとく。

帰国後、まず本屋で『銀河鉄道の夜』を買い求めたのは、言うまでもありません。

トルーマン・カポーティ『誕生日の子どもたち』

友人から誕生日プレゼントにもらった本です。その友人は本をまったく読まない人で、この本を選んだのはタイトルに「誕生日」という単語が入っていたのと、表紙の写真の青年が「ちょっといい感じ」だからだと言っていました。

そんな熱意ゼロの推し本ではありましたが、読んでみれば宝箱にそっと入れておきたい短篇ばかり詰まっており、余韻も好みで、カポーティは私のお気に入りの作家の一人となったのです。

先日、久しぶりに会ったその友人に、『誕生日の子どもたち』の話題を出したところ、「実はあの本、書店員さんに選んでもらったんだ」と打ち明けられました。

本の海で溺れかけていた友人に助けを求められ、書店員さんは「こちらはいかがでしょう？　もしお友達（＝私）がすでに読まれていたとしても、だいじょうぶです。これは何度でも読み返したくなる本ですから」とその一冊を力強く差し出してくれたとか。

私はこの場を借りて、名も知らぬ書店員さんにお礼が言いたいです。

「私の読みたい本を見つけていただき、ありがとうございました！」

『金曜日の本屋さん』はこれにて完結ですが、北関東の小さな駅にある本屋さんは、きっと今日も営業中でしょうし、本と本を求める人を愛する書店員達が、きっと今日もお客様に寄り添って働いているでしょう。読書が大好きな皆様が日本――いや世界のどこかの本屋さんで、〈金曜堂〉のつづきの物語に出会うことを、私は夢見てやみません。

つまり、物語はつづく。皆様の読書がつづくかぎり。

それでは皆様、よい読書を。よい人生を。

名取佐和子

金曜日の本屋さん 今回のおすすめ本リスト

すべての本に感謝を込めて

本文中で引用させていただいた本

佐野洋子
『100万回生きたねこ』（講談社　一九七七年）

北村 薫
『スキップ』（新潮文庫　一九九九年）

宮沢賢治
『銀河鉄道の夜』（ハルキ文庫　二〇一一年）

トルーマン・カポーティ
『誕生日の子どもたち』村上春樹 訳（文春文庫　二〇〇九年）

本文中に登場した本

三浦綾子『塩狩峠』（新潮文庫　一九七三年）／万城目学『かのこちゃんとマドレーヌ夫人』（角川文庫　二〇一三年）／ドストエフスキー『カラマーゾフの兄弟』〈上中下〉原卓也訳（新潮文庫　一九七八年）／窪美澄『ふがいない僕は空を見た』（新潮文庫　二〇一二年）／朝倉かすみ『田村はまだか』（光文社文庫　二〇一〇年）／宮下奈都『羊と鋼の森』（文藝春秋　二〇一五年）／加藤千恵『真夜中の果物（フルーツ）』（幻冬舎文庫　二〇一二年）／なかがわりえことやまわきゆりこ『ぐりとぐらのおきゃくさま』（福音館書店　一九六七年）／恩田陸『六番目の小夜子』（新潮文庫　二〇〇一年）／米澤穂信『さよなら妖精』（創元推理文庫　二〇〇六年）／ヘルマン・ヘッセ『デミアン』高橋健二訳（新潮文庫　一九五一年）／庄野潤三『夕べの雲』（講談社文芸文庫　一九八八年）／森沢明夫『大事なことほど小声でささやく』（幻冬舎文庫　二〇一五年）／北村薫『ターン』『リセット』（新潮文庫　二〇〇〇、〇三年）／門井慶喜『家康、江戸を建てる』（祥伝社　二〇一六年）／住野よる『君の膵臓をたべたい』（双葉文庫　二〇一七年）／トルストイ『アンナ・カレーニナ』〈全4巻〉望月哲男訳（光文社古典新訳文庫　二〇〇八年）／藤野千夜『君のいた日々』（ハルキ文庫　二〇一五年）／前野ひろみち『ランボー怒りの改新』（星海社　二〇一六年）／吉川トリコ『14歳の周波数』（実業之日本社文庫　二〇一三年）／『宮沢賢治詩集』（ハルキ文庫　一九九八年）／『宮沢賢治全集〈九巻〉』（ちくま文庫　一九九五年）／クレア・ノース『ハリー・オーガスト、15回目の人生』雨海弘美訳（角川文庫　二〇一六年）／ケン・グリムウッド『リプレイ』杉山高之訳（新潮文庫　一九九〇年）／井伏鱒二『厄除け詩集』（講談社文芸文庫　一九九四年）／『寺山修司詩集』（ハルキ文庫　二〇〇三年）／千月さかき『異世界でスキルを解体したらチートな嫁が増殖しました　概念交差のストラクチャー』（1～3巻　KADOKAWA　二〇一六～一七年）／長島有里枝『背中の記憶』（講談社文庫　二〇一五年）／佐野洋子『シズコさん』（新潮文庫　二〇一〇年）／北村薫『空飛ぶ馬』（創元推理文庫　一九九四年）

＊登場順に、できるだけ手に入りやすい版を記しました。ただし、品切れや絶版の本もあります。

第1、2話は、「ランティエ」二〇一七年十二月号、一八年一月号に掲載された作品に加筆・訂正したものです。第3、4話は書き下ろしです。

Haruki Bunko
ハルキ文庫

な 17-4

金曜日《きんようび》の本屋《ほんや》さん 冬《ふゆ》のバニラアイス

著者 名取佐和子《なとりさわこ》

2018年 2月18日第一刷発行

発行者 角川春樹

発行所 株式会社角川春樹事務所
〒102-0074 東京都千代田区九段南2-1-30 イタリア文化会館

電話 03(3263)5247(編集)
03(3263)5881(営業)

印刷・製本 中央精版印刷株式会社

フォーマット・デザイン 芦澤泰偉
表紙イラストレーション 門坂 流

ISBN978-4-7584-4149-0 C0193 ©2018 Sawako Natori Printed in Japan
http://www.kadokawaharuki.co.jp/[営業]
fanmail@kadokawaharuki.co.jp[編集] ご意見・ご感想をお寄せください。